JN107834

劇場版 PSYCHO-PASS サイコパス

深見 真

角川文庫
23898

目次

登場人物

常守朱《つねもりあかね》……厚生省公安局刑事課一係の先任監視官
狡噛慎也《こうがみしんや》……元執行官。ＳＥＡＵｎ反政府ゲリラの軍事顧問
宜野座伸元《ぎのざのぶちか》……厚生省公安局刑事課一係の執行官。元監視官
六合塚弥生《くにづかやよい》……厚生省公安局刑事課一係の執行官
唐之杜志恩《からのもりしおん》……厚生省公安局総合分析室の分析官
霜月美佳《しもつきみか》……厚生省公安局刑事課一係の監視官
雛河翔《ひなかわしょう》……厚生省公安局刑事課一係の執行官
須郷徹平《すごうてっぺい》……厚生省公安局刑事課一係の執行官

禾生壌宗《かせいじょうしゅう》……厚生省公安局の局長
雑賀譲二《さいがじょうじ》……潜在犯隔離施設の収監者。元大学教授
セム……SEAUn反政府ゲリラのリーダー
ニコラス・ウォン……SEAUnの国家憲兵隊隊長を務めるエリート軍人
チュアン・ハン……SEAUn議長
デズモンド・ルタガンダ……南沙諸島の小島を拠点とする傭兵団のリーダー
槙島聖護《まきしましょうご》……狡噛が日本にいた頃に殺した免罪体質の犯罪者

人間の心理状態や性格的傾向を計測し、数値化できるようになった世界。

あらゆる心理傾向が全て記録・管理される中、個人の魂の判定基準となったこの計測値を、人々は「サイコ《PSYCHO》＝パス《PASS》」の俗称で呼び習わした。

犯罪係数が規定値を超えれば、「潜在犯」として逮捕、隔離される。

潜在犯の摘発と登録住民のメンタルケアを行うのは厚生省の巨大監視ネットワーク

——シビュラシステム。

――『あたかも人生は生きた竹馬の上に乗っているようなもので、その竹馬はたえず成長して、ときには教会の鐘楼よりも高くなり、ついには歩行をひどく困難で危険なものにしてしまう』

プロローグ

二一一六年。

その男は石畳の上に伏せていた。遺跡の一角に身を潜めていた。熱帯の陽射しは強く、洋服越しに炙られるような熱さを感じる。しかし、暑さ寒さに音を上げるような軟弱さは、海外を放浪するうちにすり減ってなくなった。温められた雑草と石の匂いが鼻腔に満ちて、男は大きく息を吸い込む。

丘の上に、平べったく大きい石を積み上げて造った宗教系の遺跡だ。戦闘に巻き込まれて半壊した塔と像が、ネズミが食い散らかしたあとのチーズのように無残な姿をさらしていた。壁面は精緻なレリーフの装飾が施されていたが、大量の弾痕が穿たれてほぼ原形をとどめていない。

石畳の隙間のあちこちに、ハイビスカスの赤い花が咲いていた。血を吸って育ったような鈍い赤色の花弁が風に揺れている。

伏せている男の名は狡噛《こうがみ》慎也《しんや》。

人を殺し、日本から逃亡した元刑事。

――人を殺した？

そう言われれば、狡噛は反論する。あれは職務を果たしただけだ、と。刑事の仕事は人を裁くことではない。しかし、法によって裁くことのできない悪が存在するとしたら？　法の不備を補って悪を処理することも刑事の職務ではないのか。狡噛はそう判断して、決着をつけるため拳銃のトリガーを引いた。

海外を放浪し、自分を鍛え直し――今、狡噛はSEAUn《東南アジア連合》にいた。世界が混乱期に入って、いくつかの国が再編し乗り切ろうとするも、結局失敗した独裁と内戦のモザイク国家。狡噛はこの地域で、民主化運動のゲリラ戦に軍事顧問として参加している。

「……来たぞ」

狡噛の隣には、ゲリラのリーダーであるセムがいた。

過去を訊ねたことはないが、戦い慣れていることと大怪我の痕跡から、元軍人ではないかと狡噛は推測している。

狡噛とセムは、小高い丘の上、石造りの遺跡に狙撃待機地点を構築していた。

セムの言葉を受けて、狡噛は遠くに目をやった。

チュアン・ハンの政府軍がやってくる。

東南アジア連合内における長い内戦。状況が一変したのは、一軍閥の首領にすぎなかったチュアン・ハンが、日本政府——シビュラシステム——と手を組んだ時期からだった。犯罪係数を測定し、都市の管理が日本に委託された海上特区シャンバラフロートの建設。

——なにが起きている？

敵対勢力や国民たちが戸惑ううちに、短い時間でチュアン・ハンはすべての準備を整えてしまった。そして日本政府から提供された無人機《ドローン》軍隊が、治安維持活動という名目で虐殺を開始する。

その頃にはもう狡噛慎也はゲリラ戦に参加していて、チュアン・ハンの強引なやり方をひっくり返そうとしていた。——チュアン・ハンは独裁者だ。日本政府、つまりシビュラシステムのやり方とは、絶対に相容れない存在。政府軍は内部から崩壊する——それが狡噛やセムの予測だった。

しかし、そうはならなかった。シャンバラフロートは順調に試験運用が進み、ハン議長は日本政府の言いなりとはいえシーアン政府をよくまとめている。

そして、反政府グループが虫のように殺されていく。

田園地帯の道路を、政府軍の車列が通過している。兵員輸送車、指揮官用の装甲車、日本製の無人多脚戦車ガネーシャ……。一個機甲中隊だ。これを放っておけば、またゲリラの駐屯地で虐殺が繰り広げられる。

だから、ここで片付ける。

セムはアサルトライフルを背負って、スポッティングスコープを構えている。そのスコープは、レーザー測距装置と風力測定機能がついている。

狡噛の前には、二脚でアンチ・マテリアル・ライフルが設置してある。伏せ撃ちの姿勢をとった狡噛は、開放されていた薬室に、先が尖った巨大な弾丸を送り込む。

「…………」

狡噛がスコープを覗きこむと、そこにはコンピュータ・グラフィックスで様々な情報が表示されていた。レーザー測距装置と連動した射撃補正装置《Shooting correction device》の画像だ。

着弾予想位置にカーソルが浮かんでいる。

政府軍の車列が、スコープの中央に映るようにする。

距離は九〇〇メートル。

「風向きが変わった」

と、セムが鋭く言った。

今回、彼にはスポッターをやってもらっている。

狙撃手の補佐役のことだ。

大型ライフルで長距離射撃を行う場合、スコープを使えば倍率が上がるぶんどうしても視野が狭まる。それをフォローするのがスポッターだ。弾道計算の手伝いもするし、着弾観測もする。大型ライフルは発砲した瞬間どうしてもスコープの画面がぶれるので、メインの射手以外が着弾観測を行う利点は大きい。

「——三時方向の風になってる。さっきまでは逆だった」

「風向きが変わってるのに、射撃補正装置に反映されてない……」

狡噛は小声で告げた。

「勘違いじゃないのか？」と、セム。

「いや、間違いない。デバイスの不調だ」

「悪いな、なにしろ何十年も前の装備だ……」

「調整しよう」

狡噛は射撃補正装置を切った。スコープからコンピュータ・グラフィックスが消え、通常のレティクルとミルドットに切り替わる。

「…………」

手首の携帯端末で、ホログラムを表示。そこには、狡噛が使っているアンチ・マテリアル・ライフルの弾道計算表がある。その表をセムが覗きこんで、言う。

「右に五クリック」

「了解」

と、狡噛は慎重な手つきでスコープのウインデージ・ノブを横にカチカチ……とクリック。

「いけるか?」

「風力に、スピンドリフトも加算ずみ……」と、セム。「アングルも、インパクトにさほど影響がない程度だ。問題ないよ」

狡噛は引き金に指をそえる。

狙撃の訓練を積んでいるので、狙っている時も片目を閉じたりはしない。本物のスナイパーならば、両目を開けて狙う。

先頭の兵員輸送車を狙って、撃つ。

タイヤをふっ飛ばして、動きを止める。

「ヒット」と、セムが着弾位置を確認。

——次だ。

先頭の足回りを潰して、車列を前に進めなくした。

次は、最後尾を狙う。装甲車のタイヤに二発。

そうやって前後をふさいでから、「本命」を狙う。

今回の狙撃の本命――。

田園地帯の道路に仕込んだナパーム弾だ。

高機能燃焼剤に、増粘剤を添加した油脂焼夷弾。

狡噛はアンチ・マテリアル・ライフルに徹甲焼夷弾を装塡し、ナパーム弾に撃ち込んだ。引火させて、大爆発を引き起こす。連鎖して、周囲に仕掛けた旧式の対戦車地雷も起爆する。地上に咲く美しい花火。破壊力の破裂とともに炎が躍る。

「場所を変えるぞ」とセム。

「ああ」

ナパーム弾は、一千度を超える高温でおよそ一〇分間は燃え続ける。どんな重装甲の多脚戦車でも、内部の精密機器がもたない。黒く燃え上がる炎のカーテンのなかで、多脚戦車のシルエットが痙攣し、崩れ落ちていく。

――『私は言おう、芸術には残酷な法則があって、それは、人々が死んでこそ、また私たち自身がありとあらゆる苦悩をなめつくして死んでこそ、草が生い茂るということだ。忘却の草ではなく、永遠の生命の草、豊穣な作品にうっそうと茂る草が』

第一章

1

全世界規模での経済・治安の崩壊を受けて、日本は鎖国体制に移行した。「犯罪係数は伝染する可能性が高い」とするサイコハザードの観点からも、他国との行き来を制限することは急務とされた。

シビュラシステムのやり方はシンプルだ。日本を巨大な人体と考えればいい。人体の健康を守る。だからこそ、シビュラシステムは厚生省の管轄なのだ。雑菌や病原となるウィルスの侵入を防ぎ、抗体を作って異物を除去する。

犯罪とは人間社会にはびこる病だ。

病ならば治療するべきだ。

隔離し、治療し、あるいは排除する。

日本の健康を維持するための鎖国政策。しかし、日本国内の資源だけで需要を完全に満たせるわけがない。貿易、輸出入はまだ続いていた。

貿易相手は国家ではなく、海外の軍閥や武装民間企業であることが多い。ドローン船団は、船員が極端に少ない（ときにはまったくいない）コンテナ船で構成されている。自動操縦のコンテナ船が、輸出入の拠点である九州を玄関として、回遊魚のように国外の取引地点や国内の港を周回している。荷物運びはすべてドローンが行う。

一台のドローンが、港の警備巡回を行っていた。

「…………」

そのドローンは、長時間潮風を浴びてもいいように防錆コーティングがされていた。暗い青色で、不格好なダルマ型であり、頭部にセンサー類が充実している。公安局ではなく、官営の貿易会社が所有するドローンだ。

貿易会社の警備ドローンは、四本の可動脚とその先についた車輪で、作業機械やコンテナの隙間を縫うように移動していく。しかし、港湾地区の広さに対して、警備ドローンの数は明らかに少なすぎた。どんなに優れたセンサーであっても死角は存在し、異変のすべてを拾い上げることはできない。

深夜の東京都港湾地区に、一隻の巨大貨物船が到着した。

パナマ運河のサイズに合わせて設計されたパナマックスばら積み貨物船《バルカー》。全長二〇〇メートルを超え、載貨重量は八万トン近い。ホットドッグのような船体に、ボックス型の貨物倉が六つ並んでいる。

大型作業ドローンによって自動化が進んだコンテナターミナルで、荷下ろしの作業が始まった。船舶そのものが無人であり、コンテナを運び出すのもすべて機械任せ。港湾地区では、コンテナとコンテナの間を、小型ドローンが忙《せわ》しく行き来している。

クレーンそのものがドローン化されている。

人間の指示もなしに、まったく無駄のない動きをみせる自走式無人クレーンは、ロボットのバレエ・ダンスを連想させた。世界が終わり、人類が一人もいなくなっても、このダンスは永遠に続くのではないか――そんな奇妙な哀愁が漂う光景だった。

荷下ろしの現場で、加工に回される資源が詰まったコンテナと、中身が空っぽのコンテナに分けられる。空コンテナは、ドローンによる清掃作業ののち、再び別の貨物船に積み込まれるまでターミナルで保管される。

清掃場所に運ばれたコンテナの扉が、内側から開かれた。

「…………」

中に、六人の外国人が潜んでいたのだ。

シビュラシステムの招かれざる客……褐色の肌で、体格のいい男ばかりだ。共通して体に脂肪が少ないことから、普段の節制した生活と運動量の大きい仕事ぶりがうかがえる。

リーダーであるサムリンが、あっちだ、と大型ドローンの陰を指さす。六人は、身を低くして小走りで物陰に移動する。

サムリンとその部下――マー、ヌーク、ムセ、ソバン、シム。ただならぬ目つきをした男たちだった。人を殺すこと、そして自分が殺されることも覚悟した鋭い目つき。狭いコンテナのなかで何日も過ごしてきたはずなのに、顔に疲労の色が一切出ていない。むしろ、気力が充実している気配を放っている。

「例のグラスは？」

マーが訊ねた。

サムリンがバックパックを下ろし、そこから高機能ディスプレイを兼ねたシューティンググラスを人数分取り出す。

六人は、シューティンググラスをかけた。それは、対公安局セキュリティ機能が組み込まれた「受信機」だった。

受信機がどんな微弱な電波でもキャッチ。内蔵のコンピュータが有用性を選別した結果、グラスの高機能ディスプレイに次々と街頭スキャナの位置情報、監視カメラやセンサーの探知範囲が表示される。さらにディスプレイには、「こう進めば安全」というルートまでコンピュータ・グラフィックスで指示が出る。

「……指定のルートからはみ出さないように気をつけろ。最後に装備の確認だ」

大型ドローンの陰で、持ってきたバックパックの中身を確認するサムリンたち。彼らの国の内戦で使われている武器が収納されている。コンバットナイフ、拳銃、折りたたみ式のサブマシンガン、予備弾倉、手榴弾、自爆用の爆弾ベスト。手早く身につけていく。

「地図とタイムスケジュールのダウンロード」と、サムリン。

六人は、手首につけた携帯端末を操作した。シューティンググラスのアクセスランプが点滅し、必要な情報がダウンロードされる。

「行くぞ。まずは拠点だ」

サムリンの言葉に、軽くうなずく他の五人。

サムリンたち六人は、グラスの力で街頭スキャナと監視カメラをかわし、港湾地区をあとにした。

都市部を目指し、貨物運搬用無人列車の屋根に飛び乗る。

まるでアクション映画のスタントだった。

ひとりも落下することはなかった。

高速移動する列車の屋根にしがみついているのは楽なことではなかったが、彼らはそのための訓練を十分に積んできた。

――この日のために。

無人列車が駅に近づいてスピードが落ちてきたところで、六人は屋根から飛び降りる。駅についてしまってからでは遅い。その前に降りなければ、セキュリティに引っかかってしまう。

飛び降りて、六人は港湾地区と都市部をつなぐパイプラインのひとつに着地した。少しでも物流を自動化するために、東京には無数のパイプラインが張り巡らされていた。そのうちの一本を橋のかわりにして渡っていく。下に落ちれば海だが、足をすべらせるような間抜けはいない。

「…………」

六人のうちのひとり――最年少のシムが立ち止まってふと顔を上げた。

パイプラインの上から、東京の中心部、光り輝く摩天楼を眺める。

きらびやかなＬＥＤとホログラム。たえず動き続ける光の洪水――星空がそのまま地上に降りてきたかのようだった。毒々しいほど鮮やかな、クリスタルの輝きを持つ高層ビル群。長い内戦で荒廃した故郷の風景と比べてみて、シムは「違う星にきたようだ」と思った。まるで神々の世界に迷い込んでしまったような気分だ。

――なるほど。こんな天上の街で暮らす人々なら、あの恐ろしい無人兵器を大量生産することも簡単なのだろう。

六人は廃棄区画に足を踏み入れる。ここまでくると、高機能グラスに引っかかる街頭スキャナや監視カメラはほとんどない。都市の矛盾と欠点が四角い街区に詰め込まれた「スラムキューブ」。ここには、色相が怪しくなったものの集中セラピーや高度薬物療法を受けるほどの余裕が無い……という貧困層の市民が数多く集まっている。

「高いクオリティのポルノ！」「素晴らしいポルノシステム！」と、絶叫する客引きがいた。没入型ヴァーチャル・リアリティ・ポルノの客引き。電子娼婦のソープランドは、卑猥なホログラム看板と脳波を乱す人工知能ランダムテクノで通行人の視線を強引に引き寄せる。

「完全に計算されたドーパミン放出によって絶頂が止まりません！」客引きが叫び続ける。拡声器を喉に簡易手術で埋め込んだメガフォン・ガイだ。「扁桃体の活動を低下させ側坐核からはドーパミン！　ドーパミン！　報酬回路の活性化とテストステロンのカクテル！　擬似ホルモン栄養ドリンク剤をごくごく飲みましょう！」

サムリンたちは、「理解できないものを見た」という顔をしてソープランドの建物から目をそらした。

シビュラシステムは、意図的にこの廃棄区画を見逃している。はっきりとそう宣言したわけではないが、ほぼ間違いなく。こういった対応能力の高さこそが、シビュラが上手くいっている最大の理由だ。ただ締め付けるだけのシステムは必ず破綻する。重要なのは、選別すること。なにを見逃し、なにを見逃さないのか……。

廃棄区画では、サムリンたち六人はそれほど目立たなかった。ここには準日本人も多いし、スラムキューブの住人は他人に興味を持たないのが礼儀だ。トラブルも無視し、その場しのぎの楽しみをさがす——ただそれだけ。

しかしそんな廃棄区画で、段ボールの家に埋まっているホームレスの一人が、ほんの一瞬サムリンたちに鋭い視線を送った。六人の外国人が古い商業施設の閉鎖された地下駐車場に下りていく。そのホームレスは、目立たないようにこっそりと携帯端末を使う。廃棄区画より厚生省・公安局刑事課大部屋へ。常守朱《つねもりあかね》監視官殿。

「どうも」

『……なにかあったの？』

サムリンたちは、腐った水の臭いでいっぱいの地下駐車場で、非合法品ブローカーの宮崎《みやざき》と対面した。高機能グラスが、事前に受け取っていた写真と眼の前にいる宮崎の姿をデジタル照合する。

「……本人確認できた。あんたがミヤザキさんだな」

サムリンは英語で言った。

「ちょっとまってくれ……」宮崎は日本語で言う。「翻訳機能をONにするから」そう言いながら、携帯端末を操作。

「何かしゃべってくれ」

「……車がいる」

サムリンの声は、リアルタイムで翻訳され、手首の携帯端末から指向性音声として宮崎の耳まで届く。

「OK、商談に入ろう」

宮崎は爬虫類系の顔立ちの、痩せた中年男だ。彼はもともとまともな実業家で金持ちだったが、色相の悪化が止められず、大急ぎで口座の金を不動産と宝飾品に換えて廃棄区画に逃げ込んだ。今はもう、ここから出て行くことができない。出れば即、街頭スキャナに引っかかるだろう。それがわかっているから、宮崎は地下に自分の小さな王国を築きつつある。ハイテク器具から海外からの密輸品まで、手広く扱う。

「前に注文した通りだ。車内カメラがついてない古いタイプの車。生体認証システムにはダミーが噛ませてあるヤツ……」

「金さえもらえりゃなんでもいいが……」

宮崎のすぐ近くに、サビだらけの廃車が二台あった。

「……街頭スキャナにだけは引っかかるなよ。あんたらのサイコ=パス、見るからにヤバそうだ……」

しかし二台の廃車は、ホログラムのカムフラージュを被せてあったにすぎない。宮崎がホロを解除すると、そこに停まっていたのはごく普通の状態の軽自動車だった。サムリンが指示を出して、メカに詳しいムセとソバンが車両のチェックを始める。マーとヌークは、折りたたんでいたサブマシンガンのストックを伸ばし、周囲を警戒する。

――その地下駐車場に、小さな丸いボールが転がってくる。一円玉ほどのサイズなので誰も気づかない。

よく見れば、その一円玉には機械の足が生えていて、移動している。超小型の偵察機――公安局の高機能小型サポートドローンだ。現場の人間はなんとなく「ダンゴムシ」と呼んでいる。ダンゴムシは小型でも、ナノサイズの半導体チップを積み、無線通信装置と高性能カメラも内蔵し、突入作戦のサポートに必要な機能をすべて備えていた。

2

廃棄区画の路上に、公安局のホログラム覆面パトカーが停まった。そこから降りてくるのは、常守朱先任監視官と、霜月美佳《しもつきみか》監視官。すでに周囲は、公安局の巡査ドローンによって人払いと封鎖が進んでいる。

常守と霜月の携帯端末には、「ダンゴムシ」からの映像がホログラム表示。地下駐車場の外国人武装グループとブローカー。

「……こんなの、よく見つけられましたね」

霜月が言った。

「最近は、人間の情報屋を使ってるの」

「人間の……？」

常守の返答に、やや呆れる霜月。

「……まるで昔の刑事みたいですね」

そう言ってから、霜月は常守に冷ややかな視線を送った。ライバル心、嫉妬心──そしてかすかに恐怖──ネガティブな感情が複雑に絡み合った視線だ。

常守朱が公安局の刑事になって間もなく四年だ。

新人監視官として着任して早々、とてつもない重大事件に遭遇して常守の人生は変わってしまう。――槙島事件。公安局最高機密。

あれでなにもかもが変わった、しかしなかったことになった。そんな事件。

行方不明になった狡噛慎也と縢秀星《かがりしゅうせい》。殉職した征陸智己《まさおかともみ》。執行官に降格処分となった宜野座《ぎのざ》伸元《のぶちか》。彼らの穴を埋めるために、新人監視官・霜月美佳、執行官・東金朔夜《とうがねさくや》、執行官・雛河翔《ひなかわしょう》が配属された。

そのあとも、いくつか大きな事件があった。公安局刑事課に、災害のような人的損失が出たこともあった。補充要員として須郷徹平《すごうてっぺい》がやってきて、その後東金朔夜が死亡した。

執行官護送車が到着した。観音開きのドアが開いて、四人の執行官――宜野座、六《く》合《に》塚《づか》、須郷、雛河――が降りてくる。護送車から装備運搬ドローンが切り離される。

常守と霜月は一歩足を進めた。

彼女たちの前に、執行官たちが並ぶ。

執行官を人間扱いしない監視官もいるが、常守は違う。あたりまえのことだが、同じ人間として彼らの権利を尊重している。——とはいえ、ある程度消耗することを前提として、それでも従順に監視官の命令を聞く彼らを見ていると、まるで「犬のようだ」と思う時がある。執行官たちはみな、ふと気を抜いた瞬間、戦場で砲弾の下を走り回る軍用犬の悲しい目をしている。

「……『ダンゴムシ』からの情報はそっちの端末にも出ているわね」

常守は説明を始めた。

「方法はまだわからないけど、どうやら密入国。外国人が六人、闇ブローカーらしき男が一人。簡易色相チェックでは全員アウト。ドミネーターで犯罪係数を測定しても、結果は同じでしょう」

「どう突入しますか?」と、宜野座。

「地下駐車場へのルートは二通り。階段とエレベーター」言いながら、常守は携帯端末を操作する。ダンゴムシがスキャンしたデータによって、地下駐車場の詳しい見取り図がホログラム表示される。

「エレベーターは今も稼働中。敵のトラップが仕掛けてある気配もなし。なので、宜野座さんと六合塚さんは私と一緒に階段から。霜月監視官は須郷さんと雛河くんを連れてエレベーターで。タイミングを合わせて、閃光手榴弾を投入」

須郷が驚き、

「……閃光手榴弾？」

「ダンゴムシからの報告によると、敵は火薬武器で武装しています」

霜月も表情を曇らせた。

「それって……」

「敵に反撃を許せば負傷者が出る可能性が高い。気をつけるように」

常守は先任監視官として指揮を執る。

装備運搬ドローンが、上部扉を開放した。

ずらりと並んだ公安局刑事課の電磁波拳銃、携帯型心理診断・鎮圧執行システム——ドミネーターが姿を現す。それを手に取り、背中側のホルスターにさしこむ監視官と執行官たち。霜月チームと別れて、常守は宜野座、六合塚とともに移動する。当然、便利な巡査ドローンも連れて行く。

——常守朱は緊張していた。敵が火薬武器を装備。珍しい事件だ。

自分が撃たれるのが怖くて緊張しているのではない。怖いのは、自分が「指揮官である」という事実だ。

指揮官、つまり責任者である。

執行官を人間扱いするというのは常守の理性の強さであり、しかし同時に弱点でもある。執行官を人間扱いしない監視官なら、執行官の殉職を計算に入れて非情な作戦を立てることができるのだ。

シビュラシステムは、それを「罪」とは判定しないだろう。病原菌を切り離す行為で犯罪係数が上昇することはめったにない。

最近、常守にもぼんやりと理解できてきた。

シビュラシステムの根っこには、社会ダーウィニズムと優生学がある。人間を社会にとって「有用」か「不要」に分類するシステム。不要な人間を排除することに疑問を覚えないことが「よき市民」の条件――しかし、ここで常守の理解は矛盾によって遮られる。それが「よき市民」の条件だというなら、なぜ自分の犯罪係数は悪化しないのか？

3

地下駐車場で、サムリンはバックパックのひとつを宮崎に渡した。その中身をチェックして、宮崎は思わず笑みをこぼす。バックパックには、日本円の札束の他に、今の日本では貴重な火薬銃器類とその予備弾薬が詰まっていた。

――闇ブローカーといっても、シビュラシステム運営下でなにが難しいかといえば、強力な武器の用意だ。街頭スキャナが危険物の行き来を阻害している。そんななかで、これだけの武装を手に入れれば、宮崎はこの廃棄区画の王になれる——。どんなに小さな国でも、王になることには意味がある。

ムセとソバンが車両チェックを終えた。「問題なし」と親指を立てている。それを見てうなずくサムリン。

「……じゃあ、これで取り引き成立ってことで」

宮崎は満足げな笑顔で言った。

そこに、死を運ぶ車輪が近づいてくる。

「……！」

周囲を警戒していたマーとヌークが異変に気づくが、もう遅い。

走ってきたのは、野球ボールサイズの、車輪がついた公安局「閃光ドローン」だ。

大音量と閃光で相手の動きを止める閃光手榴弾。

公安局では、手榴弾そのものをドローン化して使っている。

自分で考えて、敵の方に向かっていく「賢い《スマート》」手榴弾。

「しまっ、公安⁉」

宮崎が悲鳴をあげた。

それに比べて、サムリンたちは訓練されていた。

閃光ドローンの姿を認めるなり、咄嗟《とっさ》に飛び退き、車や柱の陰に身を隠して瞼《まぶた》を閉じ、耳を手でふさぐ。

監視官の指示を受けて、閃光ドローンが自爆した。

まばゆい閃光と耳を聾《ろう》する轟音。反応が遅れた宮崎は一時的に視力を失い、耳鳴りに苦しんでのた打ち回る。


ドミネーターを構えて、常守チームが地下駐車場に突入した。

「公安局刑事課だ！　無駄な抵抗はやめろ！」

日本国、シビュラシステムが誇る暴力装置。

宜野座のドミネーターが、宮崎を捕捉した。

『犯罪係数・オーバー170・執行対象です・セイフティを解除します』

宜野座がパラライザーを発砲し、重低音の銃声が響いた。一瞬電光が瞬き、神経を麻痺させる光線が宮崎を貫く。彼は痙攣して意識を失う。

反応が素早かったサムリンたちは、早くも閃光手榴弾のダメージから立ち直り始めていた。バックパックやロングコートの内側から、サブマシンガンや拳銃を取り出す。安全装置を解除し、拳銃のスライドを引く。あるいはサブマシンガンのコッキングレバーを引く。

「撃ち返せ！」

サムリンが怒鳴った。

最初から周辺を警戒していたマーとヌークが引き金を絞った。ドミネーターとは違う、破裂するような派手な銃声が地下駐車場に反響する。発射炎が目が痛いほど輝く。

予想以上の強烈な反撃に、常守たちは慌てて遮蔽物をとった。

壁や柱に弾痕の列が走る。流れ弾が廃車に当たって金属音を立てる。

「なんだ、あいつら……戦い慣れてる？」

柱の陰で、宜野座が怪訝《けげん》そうにつぶやいた。

公安局刑事課の実戦経験は豊富だ。シビュラシステムによって扱う事件の総数は減ったが、そのぶん捜査官の数も減ったので暴力的な事態への対応が少人数に集中する。殉職率・離職率も高く、自然と精鋭だけが残っていく。まるで、自然淘汰のように。

――そんな精鋭ぞろいの公安局刑事課と互角の撃ち合いをする密入国者たちは、いったい何者なのか。

4

反対側、エレベーターから、霜月たちのチームが到着した。

刑事課が挟み撃ちをかけた形になる。

サムリンたちは常守たち正面に気を取られていて、六人のうちの二人——ムセとソバン——が霜月チームに無防備な背中をさらした。

「須郷！　雛河！」と、霜月が指示を飛ばす。

須郷がドミネーターでムセを捕捉。

『犯罪係数・310・リーサル・エリミネーター・執行対象です』

引き金を絞って、殺人電磁波を送り込む。

人体を沸騰させる、暴力的な殺菌処分だ。

撃たれたムセの体が、焼き過ぎた餅のようにパンパンに膨らむ。

「ぎっ……！」

そして必然的に訪れる破裂の瞬間。

皮膚が千切れて、骨も肉もバラバラになって飛び散る。床に内臓が広がる。

天井にまで血飛沫が届く。

それを見たソバンは肉片に度肝を抜かれた。

「……！」

驚き怯えつつも、ソバンはサブマシンガンを撃ち返した。

巡査ドローンが前に出て、シールドを展開し、霜月チームを守る。防弾装甲がサブマシンガンの弾丸を跳ね返し、大量の火花。

雛河が発砲した。

エリミネーターで、ソバンを破裂させる。

昔は頼りないところが目立った雛河だったが、今は潜在犯を撃ち倒しても落ち着いた表情だ。


残った四人――サムリン、ヌーク、マー、シム。

彼らは完全にフォーメーションを組んで戦い始めた。一人が弾倉交換を始めたら、もう一人が援護する。誰かが移動するときも、交互に援護射撃をおこなってフォローを忘れない。厳しい訓練を積み、激しい実戦をくぐり抜けてきた人間の動き。

このままでは敵の連携を崩せない、埒があかない――そう考えた宜野座が、遮蔽物を使いながら敵に近づいていった。地下駐車場の柱を利用して、サブマシンガンを連射するヌークの懐に飛び込む。

弾幕を前にしても、宜野座は一切躊躇しなかった。自殺願望が発揮されたわけではなく、義手の性能を頼りにしているだけだ。

宜野座の義手は、いざとなったら盾のかわりになる。

距離が詰まった。結局、ヌークの弾丸は一発も当たらなかった。

宜野座は右手のドミネーターでヌークのサブマシンガンを押さえつつ、左手で手首をつかんでヌークの関節を極めた。手首をひねりながら足を引っかけて、投げ倒す。倒した相手にドミネーターを向けると、エリミネーターが作動した。

引き金を絞って、肉片を散らかす。


仲間の肉片の一部を浴びたマーが、冷静さを失って逃げ惑った。遮蔽物から飛び出してきた彼を、霜月がパラライザーで撃つ。昏倒するマー。

「くっ！」

状況の不利をさとったサムリンとシムは、サブマシンガンを撃ちまくりつつ、気絶した宮崎を車に押し込んで強行突破を試みる。

サムリンが運転席に滑りこんで、車を出した。

エンジン音、そしてけたたましいタイヤの走行音。

通路を封鎖している巡査ドローンをはね飛ばして、猛スピードで出口を目指す。

窓から銃だけを出して、シムが乱射。

さらに、旧式の対人手榴弾二個を投げる。

「！」

床の上を跳ねる手榴弾に、一番近いのは宜野座だった。まずい、と顔を歪めて宜野座は飛び退く。対人手榴弾が爆発し、破片が飛散する。刑事課の面々はそれぞれ伏せたり隠れたりして広がる爆風をやり過ごしたが、耳がキーンと痛くなった。

シムがさらに手榴弾を二個用意。

そこで、ドミネーターが爆発物を感知した。

『対象の脅威判定が更新されました・執行モード・デストロイ・デコンポーザー・対象を完全排除します・ご注意ください』

六合塚が横っ飛びしながらデコンポーザーを撃った。

狙った場所の分子を分解し、消滅させる――ドミネーターの最高出力だ。

重低音の銃声――。そして、サムリンたちが乗り込んだ逃亡車の半分以上がごっそり消失する。宮崎もシムも手榴弾ごと「いなくなる」。丸く切り取られた車の残骸が、駐車場の壁にぶつかって停止した。

「くぅ……！」

最後の一人となったサムリンは、残骸から這い出して出口に向かった。

そこで、巡査ドローンに包囲される。ドローンたちは、市民の色相に配慮したホログラム外装「コミッサちゃん」を展開している。

『厚生省公安局です。暴力行動と色相の悪化を感知しました。犯罪行為をやめて、落ち着いて刑事課職員の指示に従ってください。繰り返します……』

「………」

サムリンはサブマシンガンの弾丸をファンシーなコミッサちゃんたちに浴びせた。ぬいぐるみのように愛らしいデザインだが、中身は特殊合金製の巡査ドローンだ。口径の小さい弾丸はほとんど効果がない。

サブマシンガンの弾丸が切れた。サムリンはコミッサちゃんの間を走り抜けようとしたが、巡査ドローンがスタンガンを用意したので上手くいかない。

一台でも倒せれば……と、サムリンは予備武器の拳銃を抜いて連射した。

虚しく響く銃声と着弾音。

ガチン、とホールドオープン――拳銃の弾丸もすぐに切れる。

常守が追いついて、ドミネーターの銃口をまっすぐサムリンに向けた。

犯罪係数を測定すれば、やはり潜在犯だ。

「諦めて、投降しなさい」

常守は、力のこもった声でそう告げた。脅すような口調ではなく、鋭い口調の裏にはできることならこれ以上の暴力は避けたい、という理知的な優しさも見え隠れしていた。

「…………」

サムリンは何も答えず、静かに上着の前を開いた。

爆弾を体に巻いている。自爆ベストだ。

「やめなさい」

常守は眉間にしわを寄せた。手のひらに緊張の汗がにじむ。

サムリンは、自爆を恐れていない。おそろしく静かな視線を常守に向けている。

その目を見て、常守はなぜか「元部下のあのひと」を思い出した。

頑丈そうな体格、精悍な顔つき――どこか、あのひとに雰囲気が似ている。

サムリンが、自爆ベストの起爆ボタンを握りしめる。

指が痙攣してボタンを押し込まないか――。

神経ビームの影響で起爆しないか――。

心配事は山ほどあったが、常守は引き金を絞った。

悩んでいる時間はなかった。

パラライザーだ。

銃声のあと、サムリンが倒れる。

爆発は――しない。

「ふぅ……」

常守はほっと一安心。

「……なぜ……？」

常守は、ドミネーターを構えたままサムリンに近づく。

彼の上着のポケットから、一冊の文庫本がこぼれ落ちていた。

日本語の本――？

書名は『失われた時を求めて』だった。

第二章

1

公安局本部ビルの局長執務室で、常守はデスク越しに上司——禾生壌宗《かせいじょうしゅう》と向かい合っている。局長の禾生は、シビュラシステムの一部。比喩ではなく機械の体で、パッケージ化された「脳」の容れ物だ。常守はそのことを知ってショックだったし、今でも嫌悪感を覚えるが、それを表に出さないように振る舞うことに関しては完全に慣れてきた。

もう誰も、口封じで殺されてほしくはない。そのためなら自分は口を閉ざそう。真相を知った自分が「泳がされている」のは特例なのだ。——真実を知って消されてしまうのは、縢秀星ひとりで十分だから。

「……重装備の相手に負傷者もなし。よくやった」

そう言った禾生の中身は、今は誰なのだろうか。

「取り調べは、対象がパラライザーから回復したら開始します」

常守は事務的な口調で言った。

「それまではゆっくり休むといい」

ねぎらいの言葉も空々しい。

「……重武装の密入国者グループ」常守は、自分の言葉に探りのトゲを忍ばせる。

「押収した高機能グラスは、この国の警備体制を知り尽くしている人間が開発に関わっている」

「何が言いたい」

「何か妙なことが進んでいるんじゃないの？」

「……当然、色々なことを進めている。妙かどうかは君の受け取り方次第だ」

禾生はうっすらと笑った。

ここをついても何も出てくることはないだろう。常守は踵《きびす》を返す。

「……とにかく、あとは取り調べ後にまた」

「…………」

常守は局長執務室を出て行った。

禾生はそれを冷たい眼差しで見送る。

扉が完全に閉まりきったところで、自分の携帯端末を使う。

「霜月監視官、局長執務室に来なさい」

2

新宿にある洋服店で、常守朱は目を丸くした。

友人の水無瀬佳織《みなせかおり》から、不意に「好きな人と婚約した」と告げられたのだ。

「……結婚?」

「うん……」佳織が幸せそうに微笑む。「向こうも忙しいから、式を挙げるのはちょっと先になりそうだけど……。そのうち朱にもあってほしいな。いい人なのよ」

思わず、朱は佳織に抱きついた。強く、腕に力を込めて祝福する。

「おめでとう……本当におめでとう……!」

「朱……」

ほんの一瞬で、朱の涙腺が決壊しそうになっている。現場では刑事課の指揮官として堂々と振る舞う朱だが、今は水無瀬佳織の妹のように見えた。佳織は、抱きついてきた朱の頭をそっと撫でた。

3Dプリンター製洋服が可能でも、高機能ホログラム文化が成熟しても、本物の服を扱う洋服店は生き残った。性能が上がれば上がるほどプリンターは高価になるし、ホログラムコスチュームは手で触れれば偽物だとわかる。多種多様な素材を活かし、上質な着心地を実現するためには、結局「昔ながらのやり方」が一番だった。確かに、3Dプリンターの衣服は便利だ。しかし「便利さ」はファッションにおいて決定的なアドバンテージとは言えない。

ただ、ホログラムの普及によって洋服店から試着室が消えた。今も、佳織がホログラムのコスチューム変更で様々な服を試している。そのなかには、ウェディングドレスも交ざっていた。

「……とうとう佳織が結婚かあ。すごい！　嬉しいな」

朱は、自分のことのように喜んでいる。

「へへー、ありがと」佳織が照れて笑った。「改めて、シビュラシステムの恋人適性って凄いんだと実感したな。彼と知り合う切っ掛けもシステムのおかげだし。ちょっと前に結婚推奨判定も出たんで、じゃあ、って……お互いの両親に報告して」

「そう……」

シビュラシステム、と聞いて朱の表情が曇った。しかし、それを佳織に気づかれないうちに意識して祝福の笑顔に戻す。

「仕事も順調なんだっけ？」

「うん。我が社も業績を順調に伸ばしててさ……。今度システム開発部門を拡張することになって、課長に昇進することが内定いたしました」

「おおー」

「……最初は不満がないわけじゃなかったけど、やっぱり私向きの仕事だったね。色々あったけど、ずっと好景気が続いてるし、今はとても平和だし……。こういうのって、朱が働いてる公安局のおかげなんだよね」

朱は曖昧にうなずく。

「うん……」

ゆき、縢、征陸――死んでいったみなの姿が脳裏をよぎる。

「平和、か……」

「人が幸せになるための道筋を、その人自身よりも正しく教えてくれるシビュラなら……いつか本当に、世界中の人間を救ってくれるのかもしれない」

「そう……なのかな……」

船原《ふなはら》ゆき。

槙島聖護《まきしましょうご》に殺された友人。明るいムードメーカーだった。

朱のせいで死んだ――と言っていいだろう。彼女は巻き込まれた。そのことを、佳織は知らない。

シビュラシステムはゆきを守れなかった。

朱がドミネーターを向けたとき、システムは槙島聖護を守った。

佳織は知らない。

シビュラシステムの正体を。

知っている人間のほうが、はるかに少ない。


朱と佳織は洋服店を出た。

巨大な街頭ホログラムモニタでニュースを流している。

『シビュラシステム輸出プログラムは滑り出し順調。SEAUn・シャンバラフロート居住者は一〇〇万人を突破』

SEAUn――？　朱は密かに息を呑んだ。日本政府との特殊な結びつき。どうしてこのことを忘れていたのだろう。海外からの密入国者――東南アジア系の、重武装のテロリストたち。真っ先にSEAUnのことを思い出すべきだった。無関係ではない気がする。

佳織もそのニュースを一瞥し、

「すごいよね、紛争国に『平和と秩序』の輸出」

3

シャワーの温度を確かめるために、つい左手を差し出して宜野座は自嘲した。——なにも感じない鋼鉄の義手で、なにを確かめようというのか？　失くなった左腕には、いまだに幻肢痛《ファントムペイン》もあり、つい生身の延長で考えてしまう。そもそも、シャワーの温度は自動管理されている。スマート家電のほうが人間の欲求に合わせてくれる。「確かめる」手間が必要ない。すべてわかっていても、「つい、やってしまう」のが人間だ。

生身のような人工神経を持った義手も現在の技術力なら可能だ。監視官時代の貯金もあったので、それを購入することは不可能ではなかった。——しかし、宜野座はあえて無骨なデザインの、作業用義手を選択した。自らへの戒めの意味をこめて。

見た目は悪いが、この作業用義手にもいいところがある。とても頑丈につくってあるので、軍用ドローンをぶん殴っても壊れない。

公安局の執行官宿舎——宜野座の個室。バスルームでシャワーを浴びている。激務とハードトレーニングの結果、ここ二年ほど筋肉量が増え続けている。頑健になった体の表面でシャワーの水が弾ける。

無駄な贅肉の一切ない体。

もともと宜野座は文武両道だった。監視官というエリートコースにのったから、肉体労働よりもデスクワークを重視していただけだ。執行官に降格されてから、その比重を逆転させた。命の危険が増大したということを除けば（そしてそれが最も重要なのだが）、執行官は監視官よりも気楽な仕事だ。

――シビュラシステムによって選ばれた、いつ死んでもいい人間。

それが、執行官。

気楽な仕事と言いつつ、今の宜野座には簡単には死ねない理由もある。

生きる理由――刑事としての責務を果たすこと。

もうひとつ――常守朱を支えること。

そうすれば――死んだ父親も、少しは喜んでくれるような気がするから。

シャワーを終えて、簡易乾燥を浴びてからタオルを手にリビングへ。宜野座がボクサーブリーフひとつで水を飲んでいたら、飼い犬のダイムが駆け寄ってきた。茶色い、大型のセラピー犬。もうすっかりじいさんだ。愛らしいシベリアンハスキーの頭を力強く撫でて、自分の朝食と犬の餌を用意する。

ダイムには、父のことで荒れていた時期から世話になっている。

「ふふ……」

こうしてダイムを可愛がっていると、最近宜野座にまとわりついてくる孤独感が少しは和らぐ。

最近——？

つまり、あいつが去っていった「あの日」以降。

父親が潜在犯になったときに味わった、胸が締め付けられるような孤独感。あんなに辛いことは二度とない、と思っていたが、そんなことはなかった。

「……これからどうなるんだろうな、俺たちは」

ひっくり返ったダイムの腹をさすって、宜野座は微笑む。

須郷徹平は、国防省のドローン部隊や軍事ドローン研究開発部に所属していた。情報工学と特殊部隊戦闘の世界。日本は鎖国した——が、輸出入、貿易はまだ続いている。その過程で、外国の反政府勢力との衝突が発生するのだ。国境を守るだけではない。民間企業などに偽装して、今も日本は海外で残虐な非正規戦を展開している。そのなかで、須郷のメンタルはすり減っていった。同じように消耗した仲間たちとともに、潜在犯となった。

髪は短髪のオールバック。眉毛が凛々しく、見た人に実直そうな印象を与える。胸が厚く、頑強な筋肉がついている。執行官宿舎の個室には、トレーニング器具がひと通りそろっている。トレーニングルームに行くよりも、自室で黙々と筋肉をいじめるほうが好みだ。どんな危険があっても、他の皆の盾になることができるように、鍛える。犯罪者も銃撃戦も恐ろしくはない——自分が死ぬだけ。損害とはいえない。ベンチに寝そべって、重り一二〇キロのバーベルを持ち上げる。

「今回は間に合ったな」

ベンチプレスでゆっくり息を吸っている最中に、同僚の執行官である宜野座の言葉が頭をよぎった。ある重大事件の捜査中だった。妙に頭にこびりついて離れない。宜野座伸元、元監視官。昔は厳しい管理職だったらしいが、今はすっかり落ち着いている、優秀な執行官。しかし、異様なほどもろく見える瞬間がある。そしてそれは、常守朱監視官もそうだ。ふたりとも鋭い刑事なのに、大きな傷を隠している気配がする。その証拠に、密入国者が紙の本を持っていただけで、常守監視官も宜野座執行官も明らかに動揺していた。

——余計なことを考えているのかもしれない。

自嘲して、須郷は筋トレに集中し直す。

「強そうだなあ……」

と、雛河翔は独りごちた。彼の前には、筋肉質な格闘技選手が立っている。

公安局のトレーニングルーム。

雛河は、スパーリングプログラムを起動したところだった。ホログラムで人間を装う格闘練習用ロボット――スパーリングロボットだ。ロボットがまとうホログラムは、今回、雛河自身がデザインしたものを使った。――われながら、できがいい。容赦のなさそうな細い目。薄い唇。人を殴って硬くなった拳。暴力的で、犯罪者っぽい。向かい合っているだけで、すごくこわい。

雛河は小柄で、もっさりとした髪型。リサイクル・ドラッガーで本人自身もサプリメント中毒。元、ホログラムデザイナー。コンピュータ、薬物関係には強いが、腕っ節のほうはそれほどでもない。

トレーニングルームでスパーリングロボットと向かい合っているのは、そんな自分の弱点を克服するためだ。お姉ちゃ――じゃなかった、常守朱監視官を、危機から守り抜くことができるように。少しでも強くなりたい。

大男――を模したロボット――に全力でぶつかっていく。

「いたたた……！」

スパーリングが始まって二〇秒で、雛河はロボットに取り押さえられた。レベルを高く設定しすぎていたようだ。

「が、頑張ろう……」

気を取り直して、再戦。千里の道も一歩から。

4

なにか話したいことがあるのにそれを黙っているとき、六合塚弥生《やよい》のセックスは粘っこい。「………」もう長い付き合いになってきたから、唐之《からの》杜《もり》志《し》恩《おん》はすぐに気づく。言いたいことがあるんならはっきり言えばいいのに……と思いながら、志恩は何度も何度も絶頂に達した。粘着質になった弥生は、それはそれで最高なのだ。

弥生は志恩のことを「ねちっこい」という。それは志恩も認めるところだが、時と場合によっては弥生のほうがはるかにねちっこい。

ベッドの上で――弥生の隣で――息を整えながら、タバコを吸うためにサイドテーブルの灰皿を引き寄せようとした。ところが、あまりにも消耗していたために指に力が入らなくて上手くいかない。ほんと、弥生はときどき加減を知らないんだから……と志恩は胸のうちでぼやく。

弥生は、一糸まとわぬ姿で寝転がったまま、じっと志恩を見つめていた。弥生の視線が、体を縛るようにまとわりついてくる。それでいて弥生の口は不機嫌そうに閉ざされていて、大事な相談事があるはずなのに喉から出てこない。

――まったく、もう。

志恩はため息をついた。

あなたが何を悩んでいるのか、こっちはお見通しなんだから。

「……そういえば、おめでとう。弥生」

「……何が？」

弥生がとぼけた。わかってるくせに。

「色相と犯罪係数、下がってるんでしょ？」

志恩は、なるべく軽い調子で言ったつもりだったが、弥生は刃物を突きつけられたように、さっと顔色を変えた。

志恩は続けて言う。

「カウンセリングチームのウワサ話が分析班まで流れてきたのよ。……より安全な部署への配置換えや、軽度潜在犯施設への送致ってのは今までも何度か前例があったけど、あなたの場合、このままいけば公安局創設以来、初の執行官からの完全社会復帰ケースになるかも……って。音楽……まだやりたいんでしょ？」

「どうかな……」

弥生は無表情になった。しかし、その目には微《かす》かな迷いがある。

執行官の完全な社会復帰は難しい。

しかし、ある程度快復したあとの職種変更には比較的多めの前例がある。執行官すべてが殉職するわけではない。比較的軽度の潜在犯を収容する隔離施設に送り直されることもあるし、同じ公安局でも安全な事務職に異動することもある。音楽活動が再開できるかどうかはわからないが、今の調子だと弥生が一係を離れる可能性は高い。

「監視官にこき使われ、ロクデナシの潜在犯に囲まれた生活ともサヨナラ」

志恩は笑って言った。言ってから、少し毒を混ぜすぎた、と思った。

弥生は眉を吊り上げ、上体を起こす。

「私は……」

何か抗議しかけたところで、遮るように志恩の携帯端末が着信音を鳴らした。二人とも全裸だが、潜在犯用の腕輪型携帯端末は外せない。ホログラムモニタに浮かんだ送信者名を見て、志恩は思わず「えっ」と声を漏らした。

禾生局長。

志恩のモニタをのぞきこんで、弥生も目を丸くした。驚きの表情で顔を見合わせる。

「……分析官の唐之杜です。どうしたんですか、局長？」

5

常守朱は、公安局に近い高層マンションの上層階で暮らしている。高い家賃で、二階構造の部屋。立派な内装の広々とした部屋に引っ越したのは、他に給料の使い道がなかったから——というのもあるが、一番の理由は安全と機密の保持だった。東金朔夜や鹿矛囲《かむい》桐斗《きりと》の事件以降、監視官の身辺警護は強化された。このマンションには武装した人間の警備員が常駐しているので、ドローンや監視カメラをごまかしただけでは侵入できない。

部屋には、旧時代の北欧を意識した家具が配置されている。そのままベッド代わりになる大きなU字型のソファ。人工知能によって角度が調整される高度間接照明が、常守の目に優しい快適な空間を演出している。

常守はスパッツとスポーツブラに着替えて、自宅のトレーニングルームで汗を流した。ホログラムで風景が流れるトレッドミルでランニング。器具を使って筋トレ。公安局と同じスペックのスパーリングプログラムも用意してある。ロボット相手に、護身術・逮捕術の鍛錬を積む。

機械の骨格に、格闘技選手のホログラムをまとったスパーリングロボット。

ただぼんやりとスパーリングしても意味がない。

やるたびに新しい何かを「試す」。それが意味のあるスパーリングだ。

今日は特にパンチをじっくりパリーイングしてみる。わざと相手に蹴らせてみる。

こちらは打撃を牽制程度にとどめておいて、関節技を狙う――。

さすがに狡噛のようにはいかない。

苦戦して、ようやく相手の腕を極めて取り押さえ、プログラム終了。額に浮かんだ汗を手の甲で拭く。そのままシャワーを浴びに向かう。

「…………」

汗を流しながら、海外から来た犯罪者たちのことを考えた。

シビュラシステム、犯罪係数――。

犯罪学、優生学、社会ダーウィニズム。

犯罪学の創始者は、チェーザレ・ロンブローゾという。犯罪の原因は「心」ではなく「脳」にあるのではないかと初めて提唱した。これがフランツ・ガルの骨相学と結びついた。ロンブローゾの理論は、優生学に影響を与える。優生学は、ユダヤ人迫害のバックボーンとして利用された。もちろん、ロンブローゾ自身に罪はない。そもそも彼はユダヤ人だった。

優生学が廃れて、二〇世紀後半から「犯罪は社会が構築する」という考え方が一般的になった。シビュラシステムは、犯罪の社会的な側面を、再び人間個々のパッケージに貼り付け直したのだ。

そして夕食。〈カンパーニュ〉――馴染みのレストラン――から配送された天然食材の弁当だ。食べるたびに滕秀星のことを思い出す。もうホログラムアバターのキャンディは使っていない。AIセクレタリーに頼らない生活。食べながら、ホログラムモニタに東南アジア連合の情報を表示する。

「…………」

東南アジア連合、通称SEAUn――世界的混乱を乗り切るために結成された地域統合体。しかし結果的に、宗教的・民族的対立は解決されず、長い内戦で国土は疲弊しきった。チュアン・ハン議長――もともとは一軍人にすぎない――は、国境紛争で功績をあげ、軍の内部で権力を拡大していった。司令官として着任した陸軍基地を拠点に軍閥を作り上げ、領土支配欲をむき出しにしていた。やがて彼は他の軍閥を倒すために、日本政府とシビュラシステム導入の契約を結ぶ。目的は、日本製の軍事ドローン。チュアン・ハンは圧倒的な軍事力をバックに、強引に国家統一を進めていった――。

考えているうちに眠くなってきた。常守は大きなソファに寝転がる。思い出す――密入国者が持っていた、紙の本。あのひとを思い出さずにはいられない。あのひとが生きているとすれば、まさか。

「彼はいま、どこで何を……」

瞼が重くなってきた。

火をつけてもいないのに、どこからかタバコのにおいがした。


「……ん」

常守は、携帯端末の着信音で目を覚ました。相手は唐之杜志恩。

「どうしたの、志恩さん？」

『今、秘匿回線使ってる。この通信のことは誰にも言わないでね。霜月監視官が局長命令で動いてる』

緊迫した声。常守は一瞬で覚醒する。

「……彼女が？」

『私は立場上、逆らえない。詳しいことは、公安局で話すわ』

「何をやっているのかわからないけど、止められる？　時間稼ぎは？」

『無理、もう間に合わない。ほんとゴメン』

「間に合わない？」

『メモリースクープ』

「！」

『容疑者の密入国者が目を覚ましたんで――』

手短に説明を受けた常守は、急ぎ支度を整えてマンション内の駐車場へ。立体エレベーターで道路に降りて、自動運転システムに「公安局」と告げる。

総合分析室に飛び込むと、霜月美佳監視官と唐之杜志恩がいる。唐之杜は椅子に座って肩を落として、沈んだ表情。霜月は、唐之杜を叱りつけたあとのような雰囲気だった。おそらく、唐之杜が常守に報告したことに気づいたのだ。

常守は、霜月監視官を睨みつけた。

霜月美佳――槙島事件に巻き込まれた少女の一人。潜在犯に片思いの友人を殺されて、潜在犯を憎みすぎている後輩。入局当時は可愛らしいものだったが、刑事課一係として潜在犯と戦ううちに、その憎しみを歪んだ方向に発展させてしまったように見える。

「取り調べにメモリースクープを!?　どういうつもり?」

「……怒んないでよ……」

唐之杜が弱々しい声で言った。

「局長命令です。唐之杜分析官は悪くないですよ」

霜月は事務的な口調で言った。

「潜在犯だと確定した相手です。前例がないだけで、違法ではない」

常守は思わず表情を険しくする。

常守たちは、総合分析室の奥――「処置室」に移動した。常守も、槙島事件のときにこの部屋を使ったことがある。脳波を読み取る大型ヘルメットに、手術台のような可動ベッド。その周囲にはモニタリング装置と制御卓が設置されている。

メモリースクープとは、脳波から映像を検出する装置だ。脳波モンタージュ。つまり、人の思考や記憶を映像として外部に取り出して記録できる。大型ヘルメットが脳波を補正する磁気を発し、「目的の記憶」を強化するために、対象者には精神的・肉体的に負荷がかかる。

可動ベッドに、密入国者グループのリーダーらしき男が縛り付けられていた。合成レザーと強化プラスチック製の手枷・足枷が、皮膚の色が変わるほど肉に深く食い込んでいる。外国からきた男は、口から涎《よだれ》を垂れ流し、放心状態で虚空を見上げていた。

彼はどこかあのひとに似ていた。今はもう、ただの病人だ。

「……ひどい」

「脳波を検出しやすくするために、薬物も併用しました」

霜月が、どうでもよさそうに言った。モルモットを潰してしまった、くらいの態度で。

「――っ！」常守は双眸に怒気をこめる。潜在犯も人間だ。こんなふうに扱っていいわけがない。

しかし霜月は、常守の怒りも涼しい表情で受け流す。

「武装した密入国者なんて異例の事態です。おまけに潜在犯。配慮すべき人権なんてありません。……おかげで、成果もありましたよ」

「成果？」

「局長がお呼びです、センパイ」

6

「霜月監視官を使って何をやっているの？」

公安局、局長執務室。常守は大きなデスクに手をついて、身を乗り出す。激しい剣幕を見せても、局長はまったく動じない。当然だ。立場が違う。それに局長は純粋な意味では人間ではない。

「事件捜査だよ」

「白々しい！」

「事件が事件だ。必要なことだったさ。これを見たまえ」

「……？」

局長がデスクのキーボードを操作して、ホログラムを表示した。そこに浮かび上がる、密入国者の脳波モンタージュの成果。

「まさか……」

常守のなかで時間がとまった。モニタの映像から目が離せなくなる。短い間、呼吸することすら忘れてしまう。

「君なら、見間違えることはないだろう。なにしろ、元部下だ」

その通り。見間違えるわけがない。

——狡噛慎也。

すべてを捨てて、槙島事件を終わらせた男。

「密入国してきた外国人テロリストグループ。その脳内記憶には逃亡した元執行官の姿……興味深いとは思わないかね？」

脳内記憶から掘り返された狡噛の姿は、明らかに日本ではない土地の、農村らしき場所にあった。濃い緑色の戦闘服を着込んでいる。タクティカルベストを重ね着し、アサルトライフルを肩からさげている。狡噛のまわりには、武装したアジア系の男女が集まっていた。そのなかには、処理に当たった密入国者たちの姿も交じっている、ゲリラ戦の部隊——。

「私はね、狡噛慎也が完全に犯罪者になったのではないかと考えている」

そう言った局長は、どこか挑発するように微かに笑った。

「そんな……」

そんな……と言ったところで、常守は続きの言葉を失った。反論しようにも、今は情報が足りない。局長の話を聞くしかない。

「密入国者がどこから来たかも判明した。SEAUnだ。対象は現地で反政府運動に関わっていたテロリストだ」

「シビュラシステムの委託管理を進めてるっていう……」

「予感していた、という顔だな」

「刑事の勘ってやつが働いたの」

「シビュラシステムによる遠隔地管理のテストケースとして、既に海上都市シャンバラフロートが特別区として運営されている。だが一部の地方は依然として内紛状態だ。特区の防衛にあたる武装ドローンが、頻繁に破壊されるようになった……」

局長がキーボードを操作した。

静止画が消えて、ドローンのカメラが撮影した動画が再生される。外国の戦場──雨中の市街戦。激しい銃声、飛び交う砲弾。主観的な映像──戦闘用ドローンの視点だ。はるか向こうに、リボルビングのグレネードランチャーを構えた人影──狡噛。

対戦車徹甲弾を連射して、爆発とともに動画が途切れる。

「受信した映像はここまでだ。いくら高性能カメラでも、拡大と画像補正には限界がある。……だとしても、これもずいぶん彼に似ている」

局長は動画を少し巻き戻して、ドローンを破壊した人影を拡大していく。

「あまりに熱心に獲物を追ううちに、獲物に似てくる狩人の話はたまにある。逃亡ルートは不明だが、狡噛慎也が現在海外に潜伏しているとして、そこから犯罪者を日本に送り込んでくる……。シビュラシステムを脅かすには、なかなかいい手だ」

「狡噛さんは、そんなことしませんよ」

常守は断言した。言葉は強かったが、裏腹に心は揺れていた。

「では、この脳波モンタージュの結果をどう考える？」

「狡噛慎也とテログループに何らかのつながりはあるかもしれない。しかし、それが即彼の犯罪者化の証拠とは言えない。真相は、これから捜査で明らかにすればいい」

第三章

1

常守は、殺風景な公安局の取調室に入る。そこにはすでに、最後に残った密入国者がデスクに手錠でつながれていた。メモリースクープで出てきた映像や彼らの装備を調べた結果、密入国者たちの名前はある程度判明している。薬物で犠牲になったリーダー格がサムリン。目の前にいる生き残りはマーだ。

マーはまだパラライザーのダメージから完全に回復したわけではなかったが、立って歩くこと、人と話すことくらいは問題ないようだった。マーは、こんな状況でなければ、人畜無害な労働者といった風情だった。——実際、いわゆる犯罪者ではないのだろう、と常守は思う。この国・シビュラシステムにとっては犯罪者——テロリストかもしれないが、視点を変えれば彼らの行為はまったく別の価値観で語られることになる。

「……あなたがどこの国からやってきたかは判明しました。SEAUnから、なぜ日本に？」

一応、常守は英語で話しかけた。

合わせて、携帯端末の自動翻訳機能もオンにしておく。

「…………」

黙秘。マーは常守の目を見ようともしない。うつむき加減で、ここではないどこかをじっと見つめている。

「シビュラシステムの輸出がかかわっているんでしょ？」

「…………」

常守は携帯端末で、局長と共有した狡噛慎也のホログラム写真をマーに見せる。

「この人物は、何者ですか？」

ようやく、マーが少し顔を上げた。そして微かに目を丸くする。――お前たち、どうやってその写真を手に入れたんだ？　マーの目が、そんな疑問を物語っていた。

「あなたが黙秘しても、他の誰かがきっと口を割る」

常守はブラフを使った。ハッタリ――。もう、マーの他に情報を引き出せる密入国者は残っていない。

「……お前らには、誰も話さない」

マーは引っかからなかった。

「なに……？」

「機械の神託に運命を委ね、本当の正義を見失った家畜ども。俺たちの言葉は、お前たちには通じない」

頑迷さを感じる口調に、常守は顔をしかめた。

取調室の外に、霜月、六合塚、宜野座が待っている。

「……手強いな。俺がやってみよう」

「お願いします」

入れ替わりで取調室に入っていく宜野座。

「……あの対象も薬物で脳波スキャンをすれば早いですよ」

霜月がそう言うと、

「それは私のやり方じゃない」

常守は背中を向けたまま言った。

「……狡噛慎也って、何をやらかしたんですか？」

霜月は、常守の背中に声をかける。

「記録が凍結されてて、さっぱりわからないんですよ」

「…………」

常守は、土足で思い出に踏み込まれた怒りを押し殺し、振り返りもせずに無言でその場を立ち去った。

一部始終を見ていた六合塚が「霜月監視官」と呼びかける。

「は……はい？」

「地雷、踏んだわよ」

2

常守朱は、潜在犯の治療と社会復帰訓練を行う隔離施設に足を運んだ。強化ガラスを隔てて、かつての狡噛の恩師——雑賀譲二《さいがじょうじ》、元教授と向かい合う。

雑賀は山奥で引きこもって暮らしていたが、狡噛の逃亡を幇助し、犯罪係数を計測したら潜在犯認定となった。ただし、彼は特別扱いだ。隔離個室の内装も、服装も、かなりの自由が許されている。異常犯罪捜査スーパーバイザー、臨時分析官。隔離されてから現在まで、施設内から公安局の捜査に協力している見返りだ。

「狡噛慎也が犯罪を幇助する可能性、かね？」

常守の問いに、雑賀は興味深げに微笑んだ。

「そうです。自ら先頭に立つのでなく、計画的犯罪のために人員を組織し指導する、そういうことが、あの人に可能だと思われますか？」

「例えばあの槙島聖護のように、かね？」

雑賀は、いきなり核心に踏み込んできた。常守はためらいがちに、

「……はい」

とうなずく。

「有り得ない、と否定したいところだが……。それが私個人の心情にもとづいた答えであることは否めない。今の狡噛の行動は、私の予測の範疇にはない。逆に言えば、何をやっても不思議はない」

「でも……」

常守は、できれば雑賀の口から否定の言葉を引き出したかった。狡噛への擁護を口にしようとして、言葉に詰まる。

そんな常守の様子を観察しながら、雑賀は先を続ける。

「自らの魂を、社会の中の役割という鋳型に塡《は》め込んで形作る……それが職務に殉ずる生き方だ。以前は狡噛もそういう人生を歩んでいた。だが槙島という鋳型を外れた標的を追い求めるうちに、彼もまた職務という鋳型から逸脱してしまった」

立ち尽くす常守。

ソファに腰を下ろす雑賀。

傍から見たら、どちらが監視官かわからない。

「あらゆる秩序、あらゆる価値観が混沌の中に消え去った。大多数の人類が、ただ欲望に駆られるがままの動物じみた生活を余儀なくされた……かつて、そんな混乱期があり、海外では今もそれが続いている」

雑賀はさらに、よどみなく続けて言う。

「シビュラという檻の中で飼い慣らされるか、或いは檻の外で弱肉強食の法則に身を委ねるか……いずれにせよ人が人らしく思想と尊厳を保てる環境などどこにもない。そんな中で、自らの価値基準だけを道標に運命を切り開いていける意志と行動の力は、殊更に輝いて見えるものだろう。とりわけ犯罪すら辞さないほど苦境に追い詰められた人間にとっては、ね」

「…………」

「それはかつて槙島聖護が持ち合わせていたものであり、そして彼を追い詰める過程で狡噛が発揮していったものでもある」

「……ええ」

雑賀の言葉に、常守は渋々でも頷くしかない。うなだれる、そして考える――。一度は不安に揺れていた瞳が、徐々に強い決意の光を宿していく。

公安局、局長執務室に乗り込んで、常守は強く言う。

「国外捜査の許可を申請します」

「ほう……自らSEAUnに渡ると？」

局長は、わざとらしく感心したような顔だ。

「必要な申請書類はすべてアップロード済みです」

「シャンバラフロートの管理特区はシビュラシステム、すなわち日本国厚生省に警察権が委任されている。当然、その下部組織である公安局の権限で、君の行動は保証される……ただしあくまで特区の中だけに限った話だ。シャンバラを一歩出た先はただの無法地帯。狡噛慎也の捜索には何の助力も得られない。それでもいいのかな？」

「……覚悟の上よ」

「……明日出発の航空便がある。精密機器輸出用のジェット機だ。護衛は何人つける？」

「一人で十分」

「……君と『私たち』の関係を考えれば、正直単身のほうが助かるんだ」

用件を終えて、いったん立ち去ろうとする常守。

しかし途中で、局長のデスクに向き直る。

「……ひとつ、前から疑問だったんだけど。ＳＥＡＵｎ政府は『あなたたち』の正体を知ってるの？」

「まさか。国内ですら明かせない秘密を海外に曝せるものか。現時点でＳＥＡＵｎに供出されているのはサイマティックスキャンのための街頭設備と、計測したデータを日本に転送するトラフィックのみ。まだドミネーターの運用にも至っていない。治安の維持は依然として国家憲兵隊に委ねられている。……彼らにとってシビュラシステムの本体は、海の向こうのブラックボックスだ。当面、シャンバラ特区だけの試験運用ならばこの体制でも問題はない」

「そんな得体の知れないシステムを、よくハン議長は受け入れる気になったわね」

「そこまで切実に治安の回復が急務だったということだ」

局長は、常守を挑発するように微笑する。

「……これは、いい機会なのかもな。外の世界ではどれほど平和というものが希少な価値を持つか、その目で確かめてくるといい。あらためて君もシビュラの偉大さを痛感することになるだろう」

3

SEAUnへの直行便出発時刻まで、あと二〇時間――。

常守が刑事課のオフィスで必要なデータ資料の整理を行っていると、執行官の須郷徹平が話しかけてきた。

「SEAUnに飛ぶと聞きました」

常守は小さくうなずく。

「はい」

「執行官は同行できない」と、須郷は続けて言った。

「もちろん」

「あなたは、他の監視官の応援を頼む気もない」

常守は、須郷の実直な物言いが嫌いではなかった。

「必要ありませんから」

「ボディガードは？」

「現地の憲兵隊とそのドローンが、捜査に協力してくれる手はずです」

「実にてきぱきしてますね」

「ええ。私の取り柄のひとつです」

と、ここで常守は少し強気に笑ってみせた。

「俺は、少しは海外のことを知ってます」

そう言った須郷の表情に、微かに暗いものがよぎった。

「……元国境防衛システム海軍ですものね」

須郷は情報工学畑出身で、元国防省。

国境防衛システム海軍に所属していた。そこでなにかがあって、ドローン部隊から研究開発部に異動。すぐに色相悪化し、潜在犯に認定された。

「実弾が飛び交ってる。海の向こうでは人の命がとても安い」

須郷が脅すような言い方をしたので、

「うーん、おっかないです」

常守は軽く受け流す。

「あなたは、自分の命をどう思っているんですか？」

「え……」

須郷のシンプルな問いに、常守ははっとした。

自分の命を——大事にしているのか？

改めて考えると——自分でも疑問を覚える。

常守は時間をかけて、情報屋のネットワークを構築した。原始的なヒューミントだ。

そのために、廃棄区画にも頻繁に出入りしている。シビュラシステムは、そのことを快くは思っていないだろう。

常守の周囲には危険が多い。巻き込まないように、意識して友達付き合いも減らしている。

心の底から楽しい、と思える瞬間が最近あったろうか。

いま、私は、生きている――と。

実感できる瞬間が、あったろうか。

認めなければいけないだろう。

(私は、犯罪者を前にして自分の命を惜しんでいない)

一係の執行官たちは、みんな死を恐れていないように見える。宜野座も、六合塚も、須郷も、雛河も――。先日のテロリストとの戦闘もそうだが、銃火に身をさらしても冷静だった。唯一死をはっきりと恐れているのは、霜月監視官だけのような気がする……。

ということは、「自分の命を惜しまない」というのは、潜在犯的なものの考え方なのだろうか？　だとすれば、どうして常守朱の色相は濁らないのか？　クリアなままなのか？　結論はいつもと同じ。シビュラシステムの考えはわからない。

「須郷さんはどうしたいんですか？」

逆に常守が訊ねる。

「え……あ、いや」

須郷はあからさまに戸惑った。

「どうしたい、と言われても」

「私に海外にいってほしくない？　つまり、死んでほしくない？」

「…………」

「飛行機のフライトまでまだ時間があります」

「……はい」

「ジムにいきませんか」

「……はい？」


常守と須郷は公安局内のトレーニングジムに移動し、それぞれ更衣室でスポーツウェアに着替えた。格闘技用の、広いマットの上で向かい合う。須郷はさすがに体格がよく筋肉質で、比べると常守の体は華奢すぎた。

「かなり体重差がある。普通ならこんなスパーリングはやらない」

須郷は浮かない顔だ。

「ここで私が大ケガすれば、ＳＥＡＵｎ行きもなくなるかも」

そんな常守の言葉に、須郷は驚きで目を見開く。

「どういうつもりですか」

「どういうつもりでしょう……？」

ここまでする必要があるのかどうか、それは常守にもよくわからない。

ただ、やりたくなったから、やるのだ。

「……わかりました。手荒な真似はしませんが、一応ヘッドギアを」

「はい」

両者、オープンフィンガーグローブをはめる。

朱はさらにヘッドギアをつける。

須郷は、防具は股間のサポーターだけだ。

「いきます」

「ええ」

スパーリングロボットを審判モードにセット。

どちらかがやり過ぎたら止める係にする。

そして、スパーリング開始。

開始早々、須郷は常守の腕をつかみにきた。

とりおさえて、穏便にスパーリングを終わらせるつもりなのだろう。

須郷は強い。

しかし、いきなりなんのためらいもなく上司を殴りにいけるタイプではない。

常守は、こういうときに試してみたい技があった。

「ふっ……！」

須郷に左手首をつかまれた瞬間、常守は右側にぐいと踏み込んだ。そうやって相手の体勢を崩した直後、つかんできた須郷の手を右手でつかみ返す。両手で須郷の手を肩口に向かって折りたたむようにして関節を極め、一気に倒す。

ダン！と大きな音がして、須郷の背中がマットについた。そして無防備になった須郷の顔面に、常守は寸止めで何発か鉄槌を落とす。

護身術の基本だが、実戦のなかで使うのは難しい。

今回は、須郷の油断と手加減もあってきれいに決まった。

常守が手を離すと、すぐに須郷は立ち上がった。

「すみません」

「次、いきますか」

スパーリング再開直後、常守は鋭いスライディングを行った。

「！」

低い姿勢から、須郷の足にからみつく。奇襲の足関節。

彼の右足を両足で挟んで、両手で足首をつかんで、ひねる。

「くっ！」

「体格差をカバーするには、関節技しかないですよね」

須郷はひっくり返って、タップした。

常守は関節技を解き、立ち上がる。

「須郷さんは強いです。でも、だいぶ手加減してた。打撃が得意そうなのに、一発も打ってこないし」

「手加減していたとはいえ、常守監視官が強いのもたしかだ。監視官の護身術ってレベルじゃないのはわかりました」

須郷も立ち上がる。

「狡噛慎也は、あなたを変えた」

「…………」

その名前に、常守は胸をちくりと刺されるような感覚を味わう。

「詳しいことは知りません。でも、狡噛さんはあなたの人生に後戻りできないほどの影響を与えた。熱心に格闘技の練習を行っているのも、そうだ」

「受けてない……と言ったら嘘になりますよね」

——命が惜しい？

問題は、いつ死ぬかではない、どう死ぬかだ。

（狡噛さんなら、きっとそう言うだろう）

ただ生きているのではなく。

その死に意味があるのかどうか。

縢秀星の死は、今の常守朱を支えている。

征陸智己の死は、今の宜野座伸元を支えている。

海の向こうで自分が死ぬことになるとしても、それには意味があるはずだ。

常守は須郷に向かって右手を差し出し、握手を求めた。

「いってきます」

「どうやら……」

須郷は何かを覚悟したかのように握手に応える。

「あなたはもう一度、狡噛慎也に会わないといけないようだ」

深夜の公安局刑事課大部屋――。キーボードを操作して、常守はSEAUnに関係がありそうな資料をまとめている。メモリスティックに情報をコピーし、海外捜査の準備を進めていく。夜遅いので、他には誰もいない――かと思いきや、宜野座が静かに入ってきた。
「……同行許可を申請したが、却下された」

常守は作業の手を止めた。

「でしょうね。監視官の海外派遣なんて異例だから。執行官はなおさら」

「狡噛なんだな？」

「………」宜野座の言葉に、常守は表情を硬くした。

宜野座は自分の席に座り、常守はメモリスティックを携帯端末にセットして立ち上がる。

「一つ、頼みがある」と、宜野座。

「ええ」

「やっと再会できたら、俺のかわりに一発ぶん殴っておいてくれ」

「それはできません」

「なに？」

常守は軽くボクシング風のシャドウを行いつつ、

「見つけたら、逮捕して連れて帰ります。宜野座さんが直接ぶん殴ってください」

それを聞いて宜野座は苦笑する。

「あなたは変わったのか、それとも昔のままなのか……相変わらず不思議だな」

4

スーツケースを持って、常守は国防省横田飛行場の駐車場に自分の車を停めた。

無人化・全自動化が進んだ横田飛行場は、航空管制責任者が二人いるだけで、スタッフはほぼドローンが代替している。飛行機の整備をするのも、給油チームもすべてドローン。

「――ッ」

はるか上空で音速を突破する鋭い音が響いた。国防省管轄、国境防衛システム空軍に所属する無人航空機《UAV》が、定期巡回のためにこの空港の滑走路から飛び立っていく。UAVは大型の偵察用と、小型の戦闘用の二種類。

海外に行くといっても、観光目的ではないので常守は軽装だ。スーツケースは自走型で、小型の車輪で勝手に常守についてくる。受付のコントロールパネルで必要な手続きを済ませてから、ホログラム表示の道案内に従って外の駐機場――エプロン――に出る。そこに、国防省のジェット輸送機が待機している。

輸送機の近くでは、空中輸送員《ロードマスター》の男性が整備ドローンからの報告を受け取っていた。

ロードマスターは、すぐに常守に気づく。

「常守朱監視官ですか？」

「はい！」飛行場は騒音が大きいので、自然と大声になった。

「国防省航空軍、空中輸送員の田野畑《たのはた》です。今回はよろしくお願いします」

「こちらこそ」

「こいつなら、ほんの三時間ほどですよ」

そう言って、田野畑は自慢気にジェット輸送機を指さした。

第四章

1

常守朱は、国防省の飛行機で日本を発った。

――狡噛慎也を探し出すために。

――彼が犯罪に関わっているかどうか、確かめるために。

同行を許されなかった執行官・宜野座伸元は、公安局の展望台デッキにいた。なんとなくやるせなくて、ぼんやりと街の風景を眺めている。

天気が良いので環境ホロもフル稼働だ。シビュラシステムを称えるニュースのホログラムが、忙しなくビルの壁面を飛び交っている。ニュースでなければ、色相にプラスとなる商品の広告だ。大量の広告――新開発のサプリ、新開発の診断アプリ、周囲の色相に配慮した最先端デザインのアクセサリ。色を、クリアに。そういえば俺も、昔は色相を保つのに躍起になっていたな……と宜野座は自嘲する。

「行っちゃいましたね、常守監視官」

そこに、霜月監視官が話しかけてきた。

彼女から宜野座に近づいてくるなんて、珍しい。

「霜月監視官は、海外捜査に同行しなくてよかったのか？」

「はあ？　やることないでしょ」

霜月は苛立ったような顔をした。

「それに、私にはあとあとやることがあるはず」

「……そうなのか？」

「局長が常守監視官の独走を許した。裏に何かあるに決まってる。もうちょっとしたら、私たちの出番でしょ」

「……へえ」

宜野座は密かに感心した。こういうところは、さすがはエリート監視官といったところか。彼女は彼女なりに先を読んで行動している。

「執行官相手に話しすぎた……」

と、霜月は舌打ちした。

「本当にキライなんだな、執行官が」

宜野座は、潜在犯になった以上、こういう扱いは覚悟していた。だから霜月がきつく当たってきても、どうということはない。

「執行官じゃなく、潜在犯が許せないの」

霜月の目つきが険しくなる。

「潜在犯を徹底的に潰しておけば、死なないですむ人がいる」

「六合塚も許せないか？」

今日の宜野座は、少し意地の悪いことを言いたい気分だった。

案の定、霜月の顔色が変わる。

「なんで、そこで六合塚さんの名前が出てくるんですか」

「いや、なんとなく……」

「六合塚さんは……なんで潜在犯なの……」

霜月はため息をついた。

「放っておいたら、どんな犯罪をするっていうの？」

その言葉は、宜野座にも突き刺さった。

自分は、放っておいたらどんな犯罪をするのだろう？

（いや、自分のことだけじゃない）

親父は？　狡噛は？　縢秀星は？

——みんなは、なんで潜在犯だったんだ？

霜月は続けて言う。

「六合塚さんは、常守監視官のことを尊敬してる」

「……そうだな」

「私は、しくじった」

と、霜月は自分の唇を噛む。

「すごい監視官になって、執行官たちをうまく使って、シビュラシステムの枠からはみ出す犯罪者をどんどん検挙していく……ただ、それだけが目標だったのに……」

「………」

「なんで、こうなっちゃうんだろう……上手くいかないことばっかり……！」

そして彼女は伏し目がちになる。

今の霜月は、普段と違って、少し突いただけで破裂しそうな風船に見えた。

似ているな、と宜野座は思った。

(俺も、いつも苛立っていた)

どうして俺はあいつのようにやれないんだろう、と。

ただし、似ているとはいえ監視官時代の宜野座と霜月監視官には決定的な差異がある。

それは、積み重ねの有無だ。

宜野座と狡噛には、学生時代からの付き合いという積み重ねがあった。だからこそ、公安局内での確執が深まってもギリギリの信頼感があった（当時の宜野座は絶対にそれを認めないだろうが）。対して霜月の場合、常守朱は「突然現れた壁」に近い。

「私は、教育課程中に親友を殺されました。実行犯はどうやら、計画を立てた黒幕に消されたらしい……」

「知ってる。俺たちの担当事件だ」

「『槙島事件』……公安局最高機密事案のひとつ。監視官になって、ようやく私はその事件に少しだけ近づくことができた。だが、まだ全部を把握したとは言いがたい」

「なにが言いたい」

「狡噛慎也って、何者なんですか？」

「…………」

「常守監視官も、宜野座さんも、いまだにその男に振り回されているように見える」

「振り回されてなんか、いない」

「あんな大急ぎで海外に飛んでいったのに？　宜野座さんも、即座に同行許可を申請した。却下されてましたけど。ああいうのを『振り回されている』っていうの」

「狡噛、か……」

少し考えてから、宜野座は答える。

「あいつは『市民ケーン』だ」

「……はい？」

「オヤジの遺品に、大量の映画データベースがあってな。古い、ホログラム未対応の映画ばっかりさ。暇なとき、それをチェックしてる。この前『市民ケーン』というやつを観た」

「知ってます。オーソン・ウェルズ」

「………」

「こう見えても、名門桜霜学園でトップクラスの成績だった。甘く見ないでよ」

と、霜月は宜野座を睨みつけた。

「……なるほど」

「あそこは、いまどき珍しく古典もやるんですよ。文学や文芸映画の傑作。シェークスピアから谷崎潤一郎まで。シビュラシステムが許す範囲で」

霜月は続ける。

「新聞王ケーンが大邸宅で死亡する。ケーンは『バラのつぼみ』という意味深な言葉を最期に遺す。主人公は、この言葉の謎を解くために、ケーンに近かった人物を訪ねて回る」

宜野座はうなずき、

「その市民ケーンだ」

「それと、狡噛慎也になんの関係が？」

「市民ケーンは、映画の中心人物だ。しかし、映画が始まるとすでに死亡している。死んでいるのに、市民ケーンは映画の中心であり続ける」

「ははあ……」

「今は、狡噛慎也のすべてが『バラのつぼみ』なんだよ」

「映画では一応、その言葉の謎は解けました」

「どう思った？」

　宜野座は訊ねた。

「悲しいラストだった」と霜月。「シビュラシステムのない時代にありがちな、人生の空虚さ」

「常守は、今、まさにそんな空虚さと戦っているのかもしれない」

「海の向こうで、『バラのつぼみ』の謎が解けるかもしれない、と？」

「そういうことだ」

　霜月はふっと大きく息を吐き、肩をすくめた。

「ほんと常守センパイ、空気読めてないっていうか……」

「そうか？」

「時々、態度に出てるんですよ。昔の一係と今の一係を比べてるときがある」

「……！」宜野座は思わず息をのんだ。

「そうは思いません？　パイセン、今の一係のことを軽視しているような気がする。だからこそ、みんなになんの相談もなく飛んでっちゃうんですよ。びゅーん、って」

「…………」

常守にそんなつもりはないだろう、と宜野座は思う。

しかし――霜月は鋭い、と認めないわけにはいかない。

どんなにごまかしても意味がない。

無意識的だとしても、常守にはそういうところがあったかもしれない。

自分にとって、彼女にとって――やはり、それほど大きい存在なのだ。

狡噛慎也は。

それを断ち切るためにも、もう一度会わないといけないのか？

「まあ、別にいいんですけど……」

「ようやく、霜月監視官のことが少しわかったような気がする」

「はあ？」

彼女は露骨に不愉快そうな顔をした。

「執行官に私のなにがわかるっていうのよ。ふざけんな、バカ」

2

ジェット輸送機の機内、乗員スペースは殺風景だ。民間機ではないので、シートベルトやシートのデザインも実用性重視で無骨そのもの。他に誰もいない客室に、常守はひとり硬い面持ちで座っている。しばらくして、空中輸送員の田野畑が近づいてきた。

「まあ、航空軍なんていっても実質無人軍隊ですからね。普通に生きてるお客さんを乗せるなんて久しぶりですよ」

田野畑が、自分の携帯端末で燃料積載量と貨物重量、フライトプランを確認。

「異常なし」

とパイロットに報告する。

ジェット輸送機の運転席には、人間のパイロットが一人、ドローンが一台。複雑な作業はすべてパイロット・ドローンがこなしている。田野畑も、前部のシートでベルトを締めた。空中輸送員は、政府専用機ではフライトアテンダントの仕事も兼ねる。

輸送機が動き出した。エプロンからゆっくりと滑走路に向かう。パイロットと無人航空管制システムが情報をやり取りし、針路がクリアに。滑走路に出て加速していく。

ぐい、と内臓を引っ張られるような感覚のあと、機体が浮遊するのがわかった。離陸後、さらに急激に速度が上がる。ほぼ同じタイミングで、二機の無人戦闘機が飛び立った。

やがて、常守が乗る輸送機の護衛につく。

シートベルトの着用表示が消えた。

「もう大丈夫ですよ」と、座席を離れて田野畑が立ち上がった。

「…………」常守もシートベルトを外す。

体が自由になった田野畑は、上の棚を開けて合金製のケースを取り出した。それを、常守の近くに運んでくる。

「どうぞ、常守監視官の生体認証でケースは開きます」

「……？」

常守はケースを受け取った。田野畑の言葉通り、静脈パターンと声紋でアンロックされる。

中に入っていたのは、拳銃だ。

カスタム・ガバメント――。オリジナルのコルト・ガバメントは、およそ二〇〇年以上前に開発された武器だ。ケースには他に、四五口径の弾薬箱と四本の予備弾倉が入っている。

公安局ではドミネーター以外の飛び道具をほとんど使わない。日本国内において、九〇%の火薬武器は廃棄された。世界の混乱期と電磁兵器の発展――ふたつの要因が相まって、火薬武器のデザインや性能は七〇年近く停滞している。そのため海外では、一〇〇年前に生産が始まったような銃器が今でも普通に使われているという。

「ドミネーターじゃない銃は不安ですか？」と、田野畑。

たしかに、ドミネーターは通常の銃器よりもはるかに性能がいい。殺人電磁波の「有効範囲」が広いのだ。銃弾の有効範囲はどうしても「点」になりがちだが、ドミネーターは違う。「面」の広さで敵を圧倒する。

「古い銃ですよね……」

「でも、四五口径には安定感がありますよ。そいつは、過酷な環境でも故障しにくい。もちろん、各部今風に改修済みだし、ホログラム照準装置との連動もできます」

「ふうん……」

常守は、カスタム・ガバメントを手に取り、マガジンキャッチを押した。弾倉が入っていないのを確認してから、スライドを引いて薬室をのぞく。薬室も空。スライドストップを押して、空撃ち。トリガーの感触を確かめておく。銃の扱いは、日本を発つ前に予習ずみだった。

「国防省でも使ってるんでしたっけ？　ドミネーター……」

「携行用じゃありません。ドローンに搭載してるんですよ。ほら、噂をすれば」

と、田野畑が輸送機の窓を指さす。

常守が窓の近くにあるタッチパネルを指で突くと、ホログラムスクリーンが表示されて外の様子が確認できた。すでに輸送機は海上を飛んでいる。下の海で、いくつか黒い点のようなものが、波間に白い航跡を描きつつ動いている。

常守がタッチパネルでカメラを拡大して、その正体を確かめた。

黒い点は、何隻もの船だった。

「あれは……」

「国防省、国境防衛システム海軍です」

「戦っている？」

「相手は難民ですよ。世界で唯一まともな国……日本を目指して」

海上には、大型漁船を改造した密入国船が六隻。しかしその行く先は、日本政府海軍の無人フリゲート艦によって完全に遮られている。無人フリゲート艦は、いくつもの国の言葉で「日本国の海岸線は封鎖されています。入国をご希望の方は、正規の手順で税関を通過してください」という文言を繰り返している。

それでも難民のボートが、フリゲート艦の隙間をぬって領海侵犯しようとする。

フリゲート艦は砲塔についた特殊ドミネーターで密入国者を狙い撃ちにした。犯罪係数が高い人間を探し出し、殺人電磁波を浴びせて破裂させる。数人「見せしめ」で破裂させたところで、普通の難民は戦意を失う。慌てて舳先をめぐらして引き返していく。

どうしても針路を変えない難民ボートには、仕方がないのでフリゲート艦が機関砲を撃ちこむ。たちまち炎上して爆沈する難民船。

「近海はいつだってあんな有様です。運良く通り抜けたとしても、海岸線の警備はもっと容赦ない」

「ひどい……」

「ちゃんと犯罪係数は測定してます。低い人間も交じっていますからね。その場合は必ず救助してる」

「でも……」

「こうでもしないと、危険なんですよ。あなたが平和に暮らしてきたのも、こういった地味な活動のおかげなんですって」

3

ジェット輸送機が、ＳＥＡＵｎ上空に入る。

窓からの風景は電子的に補正・拡大される。

日本よりも圧倒的に多い荒野、森林。歴史資料のような農村と田園の風景――。荒野の赤黒さが妙に印象的だった。血で染めたあと、乾いたような大地の色だ。森や畑、町を焼き尽くした結果、こんな色になったのだろう。未舗装路が、地面のひび割れのように全方位に延びている。

やがて輸送機は、都市部の上空を通過した。

バラック、背の低い建物が連なるスラム街が延々と広がっている。

そして、市街戦。

重機関銃で武装したトラック――いわゆるテクニカル――が走り回り、数世代前の強化外骨格も投入されている。常守が見ている窓のディスプレイには、テクニカルや強化外骨格は赤く縁取りされて表示される。

「……戦争中……なんですか？」

「内戦といえば内戦ですが、ただの暴動とも言える。郊外では犯罪組織でも重機関銃を使って抗争する。内戦も常態化すればそれは日常だ。この国の人間は誰も平和を知らない。あるのは貧困と暴力の連鎖だけ」

「こんな状態が……もう何十年も？」

「それを変えるためのシビュラシステムですよ。まずは『患者の隔離』から始めないと」

　ジェット輸送機が滑走路に着陸した。タキシングでエプロンへ。完全に停止してから、ドアが開く。

「じゃあ厚生省さん、ご無事で！」

と、田野畑に見送られて、異国の地に降り立つ。

　空気に触れた瞬間、熱かった。肌にまとわりつく湿度を感じた。東京では――少なくともオフィス街では、空調は隅々まで管理されている。皮膚感覚で違う国だとわかる。全身に汗がじわりと滲むのが自覚できる。

　ドローンたちが、輸送機に積まれていた荷物の運搬作業を開始していた。

　少し離れた空港施設の前に、重武装の兵士が整列していた。兵士たちを率いているのは、SEAUn国家憲兵隊の大佐だった。常守は、すぐに携帯端末の翻訳機能をオンにする。

「国家憲兵隊、ニコラス・ウォン大佐です。日本国厚生省の常守朱監視官ですね？」

「はい」

「ようこそ。我々はあなたとシビュラシステムを歓迎します」

　ニコラスは、欧米系ハーフで長髪の男だった。やや華美すぎる軍服も、この男は完全に着こなしている。整った顔立ち――整形か？　日本で整形手術をするのは年々技術の向上とともに手軽なものになってきたが、この国の医療技術はどんなものだろうか。

常守は、ニコラスとともに国家憲兵隊の高機動多用途装輪車両に乗り込んだ。

装輪車両は二種類。大型のものと、ルーフトップに機関砲が搭載されたもの。常守たちが乗ったのは大型の装輪車両。機関砲搭載モデルは護衛車両。道が荒れているわりには、乗り心地はそれほど悪くない。国家憲兵隊の車列が、空港から首都中心部に向かう。

「ひどい有様に驚きましたか？」

ニコラスが話しかけてきた。

「いえ……」曖昧に頭《かぶり》を振る常守。

「今はどこの国もこんなものですよ。日本以外は」

「………」

空港から首都中心部まではしばらくスラム街だ。赤く錆びたトタンの建物と、まだ世界がもう少しまともだった頃の古い鉄筋コンクリート高層建築が混在している。すべての建物が、銃撃や砲撃でチーズのように穴だらけだ。

迷路じみたスラム街を高速で駆け抜けていく車両部隊。装甲車に窓はついていないが、壁面ディスプレイで外の様子を確認できる。その途中で、常守は一台の大型クレーン車を見かけた。そのクレーンには、大量の死体が首に縄をかけて吊り下げられていた。

「縄張り争いでよく見る光景です。見せしめに」

常守の視線に気づいたニコラスが説明した。

車両部隊は重厚なエンジン音を響かせて、住民を威嚇するようにさらに進む。ニコラスは手首の携帯端末から表示されるホログラムモニタを気にしている。対迫撃砲レーダー、レーザー測距探知レーダー、即席爆発装置《IED》探知のための電磁波探査装置などをチェックしているのだ。

「……そんなに危ないんですか？　このあたりは」

「これでもマシになった方です。主立った軍閥は既に鎮圧されてます。内戦は終息に向かっている」

「その言い方だと……まだ完全に終わったわけじゃない？」

「そういうことです。依然として現体制に反発する不穏分子が残ってます」

ＳＥＡＵｎの首都機構――水上都市「シャンバラフロート」が見えてきた。

巨大建築物。常守は思わずデータを呼び出す。

総面積およそ一〇〇平方キロメートル。住民一〇万人。

下層部ドバーバラ・ユガ、上層部トレーター・ユガ——そして、議長官邸や大型ヘリポートを含む最上層部空中庭園クリタ・ユガ。フロートの脇には、国家憲兵隊海上基地が付属している。クリタ・ユガを中心とする超高層タワーは、日本国厚生省のノナタワーに少しだけ外観が似ていた。設計思想が同じなのだから、当然といえば当然だが。

遠くから見ると、シャンバラフロートはあまりにも要塞然としていた。人を見下すタワーと冷たい鉄壁が、不要なものを寄せ付けない空気を漂わせていた。

シャンバラフロートは海に守られている。橋とゲートは、武装兵と日本製の軍用ドローンによって蟻の這い出る隙もない。

海中にも、警備用の魚類型無人機が泳いでいるはずだ。

「ここシャンバラ特区ではシビュラシステムが実験的にスタートしています。色相と犯罪係数が正常と認定された人間だけが入ることができる……そちらの国のおかげですよ」

——「国」のおかげ？

ニコラスのその言葉を、常守はなぜか皮肉のように感じてしまった。そんなはずはないのに。ごく普通の会話ではないか。それなのに——。

　常守朱が生まれた国、常守朱が働いている国。全体像は把握しにくい。日本国の手が諸外国にまで伸びているとなればなおさらだ。国民の誰もが知らない場所に最高意思決定機関が存在し、国民の誰もが知らないところで海外への軍事援助までもが行われている。日本国民として、遠回しではあるが、常守もSEAUn、政府軍に協力していたということか。

　シャンバラフロートへと通じるゲート前では、中に入りたいと願う国民が警備ドローンや、色相判定スキャナを持った国家憲兵隊兵士のチェックを受けている。色相が特にクリアなものは中に入って大喜びしているが、それ以外は追い返される。色相が濁っているものは、その場で処分されることもある。

　たまたま常守たちを乗せた車の横で、赤ん坊を抱いた母親がチェックを受けていた。赤ん坊はクリアカラー。しかし、母親はアウト。兵士たちが親子を引き離す。泣き叫ぶ母親を、兵士たちが銃口で脅す。

「乱暴……すぎませんか？」

「日本ではああいうことは起きませんか？」

　質問に質問で返された。

　常守はそれ以上言い返せなかった。

　国家憲兵隊が持っているのは、SCARというFN社製アサルトライフルのSEA

Un産改良型だった。超小型の射撃統制装置や敵味方識別装置《IFF》などが追加されているが、基本的な構造は一〇〇年前と変わっていない。日本以外の国には電磁兵器を開発し、維持するだけの技術力がない。それに、ゲリラと戦い、若い母親を脅すくらいなら一〇〇年前の武器でもなんの問題もない。

常守たちの車が、ゲートを潜っていよいよシャンバラフロートに入る。

外とはまるで違う——内側は平和そのものの別世界だった。笑顔の家族、買い物をするカップル。日本製のホログラム発生装置が煌《きら》めく賑やかな繁華街。だが、中には奇妙な首輪をつけたものたちがいる。

「あの首輪は……」

「気づきましたか。潜在犯ですよ」

「……っ！」

「あの装置で常時サイコ＝パスを監視しながら、行動の自由を与えています。色相が曇れば直ちに犯罪係数を測定。ポイントに応じて麻酔か、あるいは致死毒が注入される仕組みです」

首輪の潜在犯が、都市の清掃作業に従事していた。

一般の市民が、潜在犯たちを存在しないものとして通り過ぎていく。目線すら合わせない。潜在犯と一般市民では、使用するバスも厳格に区分けされている。

「ああして一般市民と生活を共有させるのは、エリアストレスの観点から望ましくないのですが……。まだ日本のように充分な規模の隔離施設を用意できないのでね、暫定的措置です。最初はクリアカラーでシャンバラフロートに入ってきても、どうしても生活の中で色相が悪化するものも出てくる。追い出してもいいのですが、フロート上の労働力が不足気味なのも事実でしてね。潜在犯も奴隷階級としては使えなくもない」

首輪をつけた潜在犯の中には、憲兵隊の制服を着ているものも。

「軍人も、いるんですか？」

「ああ、あれは言うなれば執行官ですよ。士官階級はみなクリーンな色相を保っています。監視官の役目を果たすためにね」

4

車列はそのまま巨大エレベーターに収まった。建築物上とは感じさせない、巨大エレベーターだ。サッカーグラウンドほどの広さがある。シャンバラフロートの中心部、都市タワーを急上昇していく。大きな音を立ててエレベーターが停止すると、そこは素晴らしい見晴らしの都市タワー最上層。空中庭園クリタ・ユガだ。緑が多い——人工物ではない、本物の植物が至る所に植えてある。爽快な空気の味ですぐに本物だとわかった。

広い中庭の向こう側にある議長官邸は、中世的な宮殿とコロニアル様式を折衷したものだった。車を降りて、常守たちは議長官邸に足を踏み入れる。人間の兵士よりも、日本製警備ドローンのほうが圧倒的に多い。ニコラスの案内で、特別応接室まで進む。

「失礼します」

分厚い最高級マホガニー材の扉を抜けて、豪華な絨毯を踏みしめる。

入り口から遠い上座に、SEAUn議長――チュアン・ハンがすでに座っていた。

「日本国厚生省、公安局監視官、常守朱です」

「チュアン・ハンです」

ハンは立ち上がり常守に握手を求めてきた。ややぎこちない笑顔でそれに応える。

「まさか、議長が直接会ってくださるとは思っていませんでした」

「それだけ、あなたに関心があるということです」

「は……」

ハンが腰をおろした。そして、常守にも着席をうながす。

軍閥の首領、独裁者――。そう言われてもピンとこない、知的な初老の男性。年齢のわりによく鍛えていて、オーダーメイドのスーツがよく似合っている。

「如何《いかが》ですか？　我々のシャンバラフロートは。シビュラシステム発祥の地である日本の監視官として、ぜひ感想を聞かせていただきたい」

「限られた機材でも最善の方法が模索されている、とは思います。しかしまだまだ課題は多いかと」

「ははは、これは手厳しい」

　事務的に笑うハン。

「……今回は、国際捜査に協力していただけるとか」

「あなたが追っている男は、ゲリラに荷担するテロリストだそうですね」

　――逃亡者、狡噛慎也。

「……そういう容疑がかかってはいます」

「この国におけるゲリラ対策は、あくまで鎮圧です。それを捜査とは呼ばない」

　笑いながらも、底光りする視線でハンが威圧してきた。

　だが常守も怯《ひる》むことなく睨み返す。

「協力していただけない？」

「……もちろん、支援は惜しみません。ただしこの国の状況は、あなたの国とは根本からして違う。そこだけはご理解いただけますよう」

「……わかりました」

「このシャンバラ特区から外に出たり重要施設を訪ねる際には、こちらで手配した護衛と必ず一緒に行動してください」

「一緒に……ですか？」

「不都合でも？」

「いえ……」

ハンはニコラスに目をやり、

「よろしく頼むぞ。失礼のないように」

「お任せください」

5

空中庭園クリタ・ユガの一角に位置する迎賓館に常守は宿泊することになった。迎賓館といっても国家元首や大臣クラスが泊まる部屋ではなく、随行員のための比較的質素な宿泊エリアだ。比較的質素——。それでも、一級ホテルのスイートルームクラスであることは間違いない。木目を主体にしたコテージ風のつくりで、ロフト構造。大きな窓からは市街の風景を一望できる。

部屋には先に自走型スーツケースが到着していた。

「オープン、ケース」

という常守の言葉で、スーツケースがひとりでに開く。

必要最低限の、少ない荷物。だがその中に、入れたおぼえのない化粧品のポーチを見つけて、「ん？」と訝《いぶか》る常守。手にとって調べると、唐之杜志恩のキスマークつきのカードが添えてある。カードには『困ったときに開けてね』という文章。

「まったく、志恩さんったら……」

適当に靴と服を脱いで、ベッドで横になる。

「ふう……」

常守は、日本で下調べしておいた資料を携帯端末で呼び出す。ホログラムモニタに、映像と文字情報が次々と表示される。

――チュアン・ハン。もと陸軍大将。連合の主導権を巡り争った軍閥を率いる将軍の一人。SEAUn領内にシビュラ統治特区を設ける条件で日本政府の後ろ盾を得て、ライバル勢力を制圧。新生議会を樹立。

だが武力で手に入れた政権に反発する声は後を立たず、依然、領土内の情勢は不安定。海上特区シャンバラフロートも無人化兵器群による厳重な防衛態勢が継続中……。

日本に密入国してきたテログループ……あれは、やはり反政府ゲリラのメンバーだろう。ハンの勢力基盤は日本政府の支援あってこそ。シャンバラフロートを支える遠隔シビュラシステム。軍事ドローン。そこで、東京が報復テロの標的になった……？

そのとき、部屋のインターホンが来客を告げる。

「失礼します、よろしいでしょうか？」

「あ、はい」

部屋の中に、地味なメイド服姿の少女が入ってくる。一四歳くらいだろうか。健康的な褐色の肌に、つぶらな瞳。潜在犯であることを示す首輪をはめている。

「身の回りのお世話をさせていただきます。ニャン・ヨーと申します。何かありましたら、なんなりとお申し付けください」

「こちらこそ、よろしくお願いします」

「お食事などはもちろんすぐに用意できます。アクセス制限がかかった状態で構いませんので、携帯端末にリンクを構築させていただければ、それを使って呼んでいただくことも可能です。深夜でも私か、私の同僚が対応いたします。また、外出される場合でも、機密区分の施設や『橋を渡った先』でなければ常守様お一人で行動しても問題ないとニコラス様からうかがっております」

「わかりました」

「一週間後にはシステムの影響でアルコール類の売買に制限がかかりますので、お試しになりたいのなら今のうちですよ。とりあえず、ベッドサイドテーブル上のタッチパネルで、部屋の機能はすべてコントロール可能です。ホロアバターが必要なら……」

「あの」

「はい？」

「個人的な質問なんですけど、いいですか？」

「私で答えられることなら……」

「この……『シャンバラ』での生活は、幸せですか？」

ヨーは、少し寂しげに笑ってから答えた。

「……もちろんです」

「でも、その首輪……あなたにとって脅威のはずです。最悪の場合は命を奪うことさえ」

「私のサイコ＝パスさえ安定していれば安全、そうですよね？」

「……ごめんなさい。日本とは違うここのやり方が、私にはどうしても馴染めなくて……」

「いえ、そんな……謝らないでください」

「あなたはシビュラシステムによる統治に賛同している、ということですか？　その首輪があったとしても？」

「この島の住人は、誰もがシビュラシステムを導入したハン議長に感謝していますよ」

「…………」

「……ちょっと前まで、この国に安全な場所なんてどこにもなかったんです」

6

夜になった。本格的な捜査活動は明日からだ。常守は下層部ドバーバラ・ユガの繁華街で夕食を取ることにした。繁華街は、都市タワーの根元に広がっている。そこは富裕層というよりは、色相や犯罪係数が良好な中流層の市民たちのエリア。水上都市の「外」ほどではないが、やや雑然としている。

新鮮な異国の夜景に、常守はほんの少しだけ気を緩めた。日本製ホログラム装置で投影される巨大映像も異国情緒豊かで、やや宗教色が強い。迷路と多数の塔を組み合わせた雰囲気——壁に囲まれているような下層部。狭苦しいはずなのに、ホログラムの風景は開放的で距離感が狂う。

ぼんやりと繁華街をさまよう。

暑い国——。

昼間の熱気がまだメガフロートの床面に残っている。額に浮かんだ汗を軽く拭いて、屋台が並んだストリートに入っていく。屋台は食べ物を売っているところもあれば、ちょっとした家具やアクセサリーを売っているところもある。

レストランではなく、大衆食堂のような店に入っていく。現地の人間たちに交じって、東南アジア系の料理を食べる。海老と野菜の生春巻き。パクチーと酸味の効いたドレッシングのサラダ。ジャガイモと鶏肉のカレー。カレーは日本のものとは味が違い、唐辛子ペーストとココナッツミルクがちょうどいいバランスで配分されている。疲れていてもいくらでも食べられそうな味だ。

——暑さで喉が渇く。

汗で湿ったシャツが常守の肌にはりついている。上層部は空調が完璧だったので、この感覚を味わうことはできないだろう。

食事を終えた常守は屋台で瓶ビールを買った。屋台の親父が「栓抜き」という見慣れないアナクロな道具を使ったので少し驚く。繁華街を見下ろせる高台に小さな公園があり、常守はそこで柵にもたれかかって、瓶に直接口をつけた。冷たいビール。炭酸が喉を刺激して、胸の内側で爽快な味が弾ける。

「…………」

酔ってきたのだろうか——。常守は幻を見た。

いつの間にか周囲に、縢秀星、征陸智己、船原ゆきが集まっている。みなが、常守に「元気か？」「幸せか？」と訊ねるような優しい視線を送ってくる。

ここに狡噛慎也がいれば、まるで昔と同じ――。

（ああ……そうだ）

――私は無意識のうちに、配属当初の一係と今の一係を比較していたかもしれない。ライトスタッフ。まだ常守が新人監視官だったころの一係。あのときがベストメンバーだという感覚が、今も胸の奥のどこかに残っている。槙島事件が解決したあとも、それを拭いきれないでいる。執行官になった今の宜野座と、狡噛、縢、征陸がチームを組んだら、どんな働きをしたのだろうか？

「よくない……よね」

つい、壊れてしまったもののことばかり考えてしまう。

勢いをつけて、残りのビールを胃に流しこんだ。

第五章

1

SEAUnの早朝。朝陽がシャンバラフロートを万華鏡のように輝かせる。フロートを囲む海面も光を反射し、まるで波打つ宝石箱だった。美しいというだけなら、このシャンバラフロートはとてつもなく美しい。しかしそれは「離れて見れば」という条件付きだ。クローズアップすると、そこには暴力のシステムがうごめいている。

シャンバラフロートの最上層部、議長官邸に近い国家憲兵隊宿舎の中庭で、一個小隊――およそ六〇名――の出撃準備が進んでいる。指揮をとるのはニコラス。人間の数は少ないが、そのぶん大小様々なサイズの軍用ドローンで部隊全体が高度化されている。

一番数が多いのは、二足歩行型対人戦闘ドローン――「スカンダ」だ。でき損ないのドードー鳥といった外観。逆関節の鳥脚でひょこひょこと歩く。ミニガン、ミサイルランチャー、ショットガンで武装している。

そんなスカンダが、八輪装甲輸送車に近づいていく。この装甲輸送車は「アグニ」という。一台のアグニに、一〇人近い兵士と一二台のスカンダを搭載できる。

最上層部のヘリポート・飛行場から、空をゆくドローンも飛びたつ。

攻撃ヘリ型ドローンの「ガンガー」。交差双ローター式。ふたつの回転翼が、衝突しないよう同調した上で、斜めに傾けて取り付けられている。武装は機関砲と空対地ミサイル。地上制圧に関して絶大な攻撃力を発揮する。

そして「パールバティー」、ジェット偵察機型ドローン。サイズは小さいが、最大出力で音速を突破することも可能だ。機首のセンサーコンプレックスと両翼の偵察用電子ポッドで、戦場の情報を収集し、管理する。

「マハーカーラ」はジェット攻撃機型ドローン。知能化クラスター爆弾を装備。高速で飛行し、大量の誘導爆弾をばらまく。

そんなドローンをコントロールするための作戦指揮車両が「シヴァ」。一〇輪の大型車両。前部が操縦室と兵員輸送区画、後部が戦闘指揮所。四〇ミリ無人砲塔と機関砲を装備。さらに通常の装甲車よりも通信機能が強化されている。

ニコラスは、作戦指揮車両シヴァの戦闘指揮所に乗り込んでいた。車内はモニタとコンソールで埋め尽くされている。ニコラスの他に、オペレーターは三人。たったこれだけの人数で、一〇〇台近いドローンを一括管理できる。

「出せ」

ボイスコマンド。ニコラスは運転ＡＩに指示を飛ばした。作戦指揮車両のエンジンがスタート――しかし、すぐに停止する。

「なんだ？」

と、カメラモニタをチェック。

作戦指揮車両の前に、人がいた。車が勝手に止まったのは、立ちふさがったのが敵ではなく重要人物だったからだ。常守朱だった。すべての兵器・ドローンには敵味方識別装置がついている。敵は轢《ひ》き殺したり射殺できても、味方には自動で安全装置が働く。戦場では、驚くほど多くの人間が同士討ちで死ぬ。それを防ぐシステムは重要だ。日本国の厚生省から派遣されてきた常守は、ＶＩＰとしてＩＦＦに登録されていた。

ニコラスが扉を開けると、彼女は戦闘指揮所に乗り込んできた。

「同行してもよろしいでしょうか？」

常守は言った。めったに出番のない公安局野戦服に、防弾ベストと弾薬ベルトというでたちだ。ベスト直付けホルスターにカスタム・ガバメントを突っ込み、ベルトには予備弾倉が用意されている。一応許可を求めているが、態度は有無を言わさずといったところだ。

ニコラスは不愉快そうに眉間にしわを寄せ、それでも表面上はVIPに敬意を払う。

「……問題ありませんが、戦闘が始まったらできる限りこちらの指示に従ってください。危険なことは避けていただければ」

「もちろん、承知してます」

巨大エレベーターで、高度機械化一個小隊がそのまま最下層まで移動した。

出口の近くで、四脚の戦車――「ガネーシャ」と合流する。

主武装は一二〇ミリ滑腔砲、副武装は対空・対地機関砲。もちろんこれも日本製だ。

普段は四つのブロックに分かれた無限軌道で移動するが、不整地に入ったらそれが変形し、四本の脚で歩くこともできる。市街戦での立体的な戦闘に対応した無人戦車だ。

一台のシヴァ。

四台のアグニ。

合計二〇機ほどの無人航空機。

そして八台のガネーシャ。

合金製の軍隊が隊列を組んで、ゲートから橋を渡って出撃していく。民衆を威圧しながらスラム街を抜けて、田園地帯の道を轟音とともに進む。

天候が急激に悪化した。熱帯の空は変化が唐突だ。大粒の雨が装甲を叩いた。道はぬかるみ、川から水があふれたが、軍用車両やドローンはものともしなかった。唐突な雨は、また唐突に止んだ。湿った土と、分厚い雨雲が残った。

「どんな作戦なんですか？」

揺れる車内で、常守は訊ねた。

「内戦中に破棄されたゴーストタウンがありましてね。そこが、反政府ゲリラの拠点になっている可能性が高い」

「日本のドローンは保安任務のために貸与されているはずですよね。それを特区の警備以外の目的で使うんですか？」

「潜在的脅威の排除も保安任務の一環です。規約に違反した運用ではありません」

ニコラスは淡々と説明を続ける。

「……あくまでシャンバラフロートは足がかりの一歩でしかありません。いずれは国内全域においてシビュラシステムの管理を普及させなくてはならない。そのためには、武装抵抗勢力を一刻も早く排除し、全国民にサイコ＝パスの測定を受けてもらう必要がある」

2

大河に面する旧市街は、戦火の傷跡も生々しい廃墟だった。荒れ果てた廃墟と赤黒く錆びたトタンのバラックが折り重なって、広大な掃き溜めの様相を呈していた。道路には廃車が連なり、要所要所に古いバリケードが残っている。

そんな旧市街の各所に、ゲリラの活動拠点が構築されていた。トタンの陰に、廃ビルの奥に、弾薬類の集積地がある。シャンバラフロートの政府軍との戦闘に備えて、多数のゲリラ兵士が待機中だ。

偵察機ドローンのパールバティーが、旧市街上空を旋回した。赤外線機能つきの高性能カメラと強力なレーダー電波で地上や建築物をスキャン。屋外はもちろん、屋内にいるゲリラ兵士の位置まで大まかにつかむ。その情報はたちまち、地上の作戦指揮車両のモニタに共有される。

反政府ゲリラたちも、政府軍に気付いた。二〇三〇年モデルのAKライフルを構え、二つに分割していたRPG－29を組み立てている。発射筒に、タンデムHEAT対戦車弾頭をさしこむ。

先制攻撃──攻撃ヘリ型ドローン・ガンガー四機がそれぞれ二発ずつ、合計八発の空対地ミサイルをばらまいた。高層ビルをへし折るほどの爆発が立て続けに発生する。空気が震えて地面が揺れる。熱風が大量の土埃を巻き上げた。

パールバティーは偵察機だが、機首下部にミニガンがついている。

ミニガン――六本の銃身を持つ、電動ガトリングガンだ。七・六二ミリ口径の弾丸を、毎分三千発という高速でばらまく。

ミニガンが火を噴き、大口径のライフル弾は廃墟の壁を簡単に貫通し、ゲリラ兵士を撃ち倒す。上空からの攻撃に、ゲリラはなすすべがない。

人体がやすやすと打ち砕かれる。

上空からのデータを元に、戦車型ドローン・ガネーシャが主砲を撃った。

一二〇ミリの多目的対戦車榴弾が、一撃でビルを倒壊させる。

「ひどすぎる……」

常守は思わずそうつぶやいていた。

「サイマティックスキャンで問題がなければセイフティが作動しています。あいつらの犯罪係数は、潜在犯の基準に達している、ということです」と、ニコラス。

「こんな状況で計測したサイコ＝パスがまともな数値になるわけないじゃない！」

「生憎《あいにく》この国にはまだメンタルケアで彼らを更生させるような施設はありません。新たなＳＥＡＵｎに必要な人民だけが残される。連中は……まぁ言ってみれば、内戦時代の残りカス、ですよ」

「…………」

戦闘――虐殺が続く。

四台のアグニが、搭載していた二足歩行のドローン・スカンダを分離させた。四八台のスカンダが、獲物を探して動き出す。建物に突入していく。無人航空機でカバーできない場所をスキャンし、身を隠していたゲリラ兵士にミニガンの猛射を浴びせる。戦闘意思のあるなしにかかわらず、色相が濁っているものを射殺する。武器を捨てて命乞いをしていても関係ない。重要なのは、サイコ＝パスだけだ。


――同時刻。


戦闘区域から一キロ離れた建物の屋上に、狡噛慎也がいた。カーキ色の野戦服に、ポーチに装備が満杯のタクティカルベスト。

伏射――狙撃姿勢。巨大なアンチ・マテリアル・ライフルを二脚で立てて構えている。

ライフルは口径二〇ミリ。ボックスマガジンに徹甲弾が五発。

長距離狙撃なので本当は観測手――スポッターが欲しいところだったが、あいにくセムは別の場所で部隊の指揮をとっている。自分で調整した射撃指揮装置がスポッターのかわりだ。

「…………」

このライフルから放たれた弾丸は、音速の三倍近い銃口初速を誇る。一キロ先の標的に達するのに一秒かからない。ジェット機以外、ほとんどのドローンに当てることが可能だ。

手首の携帯端末と連動したホログラム照準器で、攻撃ヘリ型ドローンの進路を予測しつつ狙いを定める。戦場と標的がホログラムで狡噛の眼前に表示され、撃ちたい場所がズームされる。

引き金を絞る――。

銃声――いや、砲声というべきか。

ソニックブームをともなう大音響とともに、二〇ミリの巨弾が攻撃ヘリ型ドローンのローター基部を直撃。大穴を開け、火花を散らす。狡噛はボルトアクションで排莢し、次弾装填。すぐに二発目、三発目を放つ。動力の基点に弾着を集める。たちまち火を噴いてローターが吹き飛び。攻撃ヘリ型ドローンはコントロールを失って落下していく。

攻撃ヘリ型ドローンの撃墜。普通の対ゲリラ戦ではありえないことだ。常守はゲリラ戦の専門家ではないが、日本製ドローンの性能は知っている。

次々と消えていくドローンの光点。ニコラスが目を丸くして、

「……例のヤツか⁉」

と忌々《いまいま》しげにつぶやく。

このとき、常守はモニタの向こうに狡噛の存在を感じていた。

現時点でなにか証拠があるわけではない。ただ、再会の予感が稲妻のように胸を貫いた。

3

狡噛はアンチ・マテリアル・ライフルをケースに収納し、鍵を掛けて、電磁波を遮断するシートを被せる。重すぎて持ち運ぶことはできないが、貴重な種類のライフルなのであとで回収する予定だ。

このビルの屋上には、懸垂降下《ラペリング》の道具が一式そろっていた。鉄パイプに、四トン近い荷重にも耐える強化ポリエステル製のラペリング・ロープが括《くく》りつけてある。狡噛

はラペリング・ロープをつかんで、カラビナ――体とロープをつなぐリング状の金具――に通し、自分のベルトに接続。まったく躊躇せずに屋上から飛び降りる。

　高所からの落下も、訓練すれば人間は慣れる。

　壁を蹴って、飛ぶように降下し、一気に地上に降り立つ。カラビナを外して駆け出した狡噛は、予め停めておいた車に乗り込む。軽トラックで、助手席にアサルトライフルと回転弾倉式グレネードランチャーが用意してある。武器を手繰り寄せてスリングで背負いつつ、エンジンをスタート。廃墟の中を疾走する。

　運転しながら、携帯端末で仲間に指示を出す。

「……反撃開始だ。俺が教えた通りにやれ」

　狡噛の指示を受けて、武装ゲリラのトラックが走りだした。政府軍のドローン部隊に向かっていく。そのトラックの荷台には、戦闘機から取り外した電子妨害装置《ECM》ポッドが積んである。トラックの荷台に乗った技術者が、ノートパソコンでECMをオンにした。強力な妨害電磁波。その影響で、小型ドローンが迷走。コントロールを失った無人航空機が墜落していく。

　作戦指揮車両シヴァの内部で、オペレーターがヒステリックに叫んだ。

「小型ドローンが制御不可！　電子妨害装置です！」

「問題ない」ニコラスが、苦虫を噛み潰したような顔で言う。「中型以上のドローンはスタンドアロンだ。サイコ＝パス測定はできないが、敵味方識別装置が働いていればいい」

「それは向こうも予測してるでしょ」

常守が冷水を浴びせた。

「！」ニコラスは常守を睨みつける。

モニタ上に激しい変化が生じた。武装ゲリラの動きが活発化したのだ。狙撃によるヘリの撃墜で安全なルートを確保したあと、ＥＣＭの登場――。計算されたタイミングだった。廃墟の各所に身を隠していた武装ゲリラたちが、姿を現して一斉に反撃を開始。さらに、郊外から次々とゲリラの増援が武装車両《テクニカル》で駆けつけてくる。

ＥＣＭでのジャミングを受けて、多脚戦車ガネーシャはオペレーターのコントロールから離れた。戦闘用のアルゴリズムに従って、擬似自律行動を開始する。ゲリラのテクニカルに主砲を向けようとする。

そのとき、廃墟の陰から数人のゲリラがグレネードを投げた。普通のグレネードなら多脚戦車には通じないが、これは大容量コンデンサからサージ電流を発生させ、電磁パルスで電子部品をショートさせるタイプだ。

電光のあとに、ガネーシャやスカンダの動きが止まった。

「……今のは？」

ニコラスは、この武器を初めて見たに違いない。顔に、明らかな動揺が浮かんでいる。知識としては頭のなかにあっても、実際に使った瞬間を見たことがないと咄嗟には反応できないものだ。

「電磁パルスグレネード！」常守は苛立って叫んだ。

それを聞いてニコラスはハッとしてドローン軍のステータスを見直す。

「主要な部品には電磁シールドがかかってる。すぐに再起動だ！」

「再起動の隙があれば十分なのよ！」

電磁パルスグレネードの直後、ゲリラはＥＣＭでのジャミングを停止していた。無線で連絡を取り合って、反撃に移る。ＲＰＧ――対戦車ロケットを、ガネーシャの関節部分や上面装甲に撃ちこむ。再起動中、完全に動きが止まったドローンは数十秒の間は撃ちごろのままだ。榴弾を改造した路肩爆弾――即席爆発装置《IED》に点火し、一〇台近いスカンダを吹き飛ばし、道路を陥没させて装甲車の進行も遮る。

再起動が終わった頃には、ゲリラはすでに撤退し始めていた。政府軍のドローンに大打撃を与えた――それで十分、と判断したのだろう。ゲリラの戦術顧問――狡噛慎也である可能性が高い――は、実に優れた判断力の持ち主だ、と常守は思う。

「やられっぱなしで終わってたまるか！　追撃に移れ！」

ニコラスが激昂した。

逃げるゲリラの背中を撃つスカンダ。

間抜けなゲリラ数十人を、袋小路に追い詰める。武器を捨てて、命乞いをする男たちの姿が、作戦指揮車両のモニタにも映った。それを見て常守は「無抵抗の相手よ！」と鋭く注意するが、ニコラスは聞く耳を持たない。

そこに、軽トラックが突っ込んできた。ゲリラを処刑する寸前のスカンダに、思い切りぶつかっていって吹き飛ばす。

「――――ッ！」

ぶつけられたスカンダのカメラを通して、その軽トラックの運転手が確認できた。

彼の顔を見て、常守はドアを開けた。

車両の外へ飛び出していく。

「どういうつもりだ！」

ニコラスの怒声に、

「事件捜査です！」

常守も怒鳴り返す。

「私から離れるな！　ここは戦場だぞ！」

その言葉を無視して、常守は全力で走り出す。

4

狡噛が乗ってきた軽トラックが、新たなスカンダの猛射を受けた。車の後部が一瞬で吹き飛んでしまう。狡噛は半壊した軽トラックから飛び降りて、地面を転がりながらグレネードランチャーを構えた。倒れた姿勢のまま成形炸薬弾を発射し、スカンダに大穴を開けて破壊する。

立ち上がって、移動を再開。戦場となった廃墟を疾風のように駆け抜ける。

狡噛は、合流地点のひとつで仲間の隊長たちを見つけた。それぞれ一〇人ずつの部下を率いる六人の分隊長。撤退ルートを確認していた彼らは、狡噛を見て顔を輝かせた。苦しい戦場にやってきた、反撃の希望——そういうふうに期待されているのが伝わってくる。狡噛自身は、そんな重荷ははっきり願い下げなのだが、慌ただしい状況がそうさせてくれない。

「いいか！　俺が敵を引きつけておくからその間に部隊を撤退させろ！」狡噛は、分隊長たちに大声で指示を飛ばした。「今はこっちが押してるが、うかうかしてればすぐに皆殺しにされるぞ！」

分隊長たちはうなずいて動き出す。

狡噛は単独行動を始める。そのことを仲間は心配するが、危険なことほど自分ひとりでやりたくなるのが狡噛の性分だ。電磁パルスグレネード後、再起動中に仕留め損なったしつこいガネーシャが一台、ゲリラたちを追い掛け回している。そいつを引きつけて、できることならスクラップにしてやりたいところだが……。

狡噛はかつての商業施設に足を踏み入れた。強化ガラスの屋根が天井部を覆うアーケード商店街だ。物陰に身を潜めて、グレネードランチャーの弾薬を補充しておく。

そのとき——足音が聞こえた。

何者かが、急速に近づいてくる。

ゲリラではない。他の仲間はすべて撤退ルートに入ったはずだ。——政府軍の兵士か？　最近ドローン頼みになったあいつらが、このタイミングで歩兵を投入してくる可能性は低いが——。

足音の主が、曲がり角から飛び出してきた。

結果的に、狡噛が待ち伏せたような形になった。大急ぎでグレネードランチャーをスリングで背負い、背後から取り押さえようとする。相手の両腕をがっちりつかむ。

そして——気づく。知り合いだった。

常守朱。

相手が常守だとわかった瞬間、狡噛の力が緩んだ。狡噛の手を振りほどいて、逆に立ち関節技を仕掛けてくる。常守は両手で狡噛の右腕をつかんで、肘を極めた。狡噛は自分からジャンプして、すっかり鋭くなった常守の技から逃れる。

間合いが離れた。

常守が素早く拳銃を抜いた。

「……お久しぶりです、狡噛さん」

感情を押し殺したような彼女の声。狡噛は思わず苦笑してしまう。

「まさか、こんなところまでやってくるなんてな……」

「あなたを、逮捕します」

「逮捕……？　あんた、状況が解ってるのか？」

「……日本にテロリストを送り込んできたのは、狡噛さんですか？」

妙な話になってきた。

「なに？　どういうことだ？」

狡噛が顔をしかめて尋ね返すと、常守も戸惑いを見せた。

「じゃあ……」

嫌な気配――。建物の外で、多脚戦車の足音。狡噛は咄嗟に常守に飛びついた。常守は拳銃を構えていたが、撃つわけがないと確信している。常守を抱きしめて、覆いかぶさる。そこにガネーシャからの砲撃。頭上を砲弾が通過して、衝撃が走る。周囲の窓ガラスが一斉に砕け散り、商店街の廃屋のひとつが粉砕される。

ガネーシャはそこから機関砲を連射。壁を貫いた砲火が狡噛たちを追いかけてくる。狙いが正確でないのは、常守がいるおかげだろう。彼女は、ドローンの敵味方識別装置に登録されているはずだ。

「……どうする監視官？　俺を撃つか、見逃すか。どっちかだ」

「……あなたと一緒に行動します」

「おいおい」

「一時的にです。捜査の一環として」

5

ガネーシャのカメラを通して、常守の姿が作戦指揮車両からも確認できた。

「ゲリラの幹部らしき男と、例の日本人が一緒に行動してます！」

ゲリラの幹部――戦術顧問――狡噛慎也。日本からの逃亡執行官。

「敵味方識別装置からあの小娘を外せ……！」

ニコラスが大声で叫んだ。まるで、声を大きくすればするだけ命令が素早く実行されると信じているかのように。

「しかし……」

オペレーターがためらった。

「ここは戦場だ！　作戦を優先する！」

「時間がかかります。一度本部に戻ってからでないと、システム上……」

「くそッ！」


弾痕でチーズ状になった壁を破壊して、アーケードの商業施設にガネーシャが現れた。狡噛と常守を追跡する。敵味方識別装置上、常守は政府軍の「味方」なので、実際のところターゲットとして捕捉されているのは狡噛ひとりだ。

ふたりは、アーケード内の噴水広場まで逃げた。ドーム型の噴水広場は、中央にこの国の英雄らしい人物の銅像があり、周囲に噴水の人工池が広がっていた。かつては美しかったであろう広場も、長年放置され、どこかで内戦の流れ弾を受けたらしい。枠が壊れた人工池と雨水のたまりが混ざり合って、薄汚れたプールのようになっていた。

「飛び込め」

狡噛が言った。

一瞬躊躇して、それでも常守はその言葉に従う。

常守は泳ぐのが得意ではなかった。——嫌な思い出、トラウマがある。しかし噴水広場の雨水プールはギリギリ足がつきそうな深さだったし、なにより最近常守は——おっかなびっくりとはいえ——積極的に泳ぐ練習をしている。その成果を試すいい機会だった。

冷たい雨水プールを泳いで、狡噛と常守は銅像の陰に隠れた。ガネーシャが、道に深い爪痕を残しつつ近づいてくる。赤外線やレーザースキャンは水に対する減衰率が大きく、ガネーシャはターゲットをロスト。音声、動体センサーに切り替えて再検索——。

再検索の隙をついて、狡噛たちはガネーシャの背後に回った。雨水プールから上がった狡噛は、背中のグレネードランチャーを構えて噴水広場ドームの天井を撃つ。そこには、いざという時のために爆薬が設置されていた。グレネード弾によって誘爆し、ドミノ倒しのように爆発が連鎖。立て続けに重低音の衝撃——。天井がそっくりそのまま落ちてきてガネーシャを下敷きにする。

建物の崩落に巻き込まれないように、狡噛と常守は大急ぎでアーケードを出た。

アーケードの商業施設を出て少し走ったところに、小さな雑木林があった。狡噛は、雑木林に入ってこんもりと盛り上がった茂みに近づいていく。その茂みには、葉っぱと木の枝を大量に接着してカムフラージュされた赤外線遮断シートが被さっていた。狡噛はシートをつかんで、引き剝がす。下に隠されていたのは、重機関銃つきの軍用ジープだ。

狡噛が運転席に飛び乗り、常守は助手席に。指紋認証でエンジンスタート。

軍用ジープで雑木林の車道を飛ばす。

「……どういうことなのか、説明してください」

「見ての通りだ。この国の民主化運動に対ドローン軍事顧問として参加してる」

「この車、どこに向かってるんですか」

「政府軍の力が弱めの地域があちこちに残ってる。そのうちの一つだ。……ところで監視官」

「それ、やめてください……」

やめてください、と言われて、一瞬なんのことだか狡噛はわからなかった。少し考えてから、「監視官」という呼び方のことだと気づく。――笑いがこみ上げてくる。猟犬の習性というやつは、数年海外で暮らしたくらいでは抜け切らないらしい。

「常守……おかしいと思わないか？　あの議長」

「……え？」

「かなりのろくでなしだぜ、あいつは。独裁者の犯罪係数……ってのはいったいどうなってるんだろうな?」

第六章

1

「……作戦は失敗。日本の常守捜査官は行方不明、と？」

「彼女はゲリラを幇助するも同然の行動を取りました。完全な越権行為です」

シャンバラフロートの議長官邸、執務室でデスクについたハン議長の前に立って、ニコラスが作戦失敗の報告を行っていた。

「とはいえあくまで君の保護下にあった海外のゲストだ。これは責任問題になるな」

ハン議長が冷たく言った。

「しかし……！」

「冗談だよ」

なにが冗談か。ずいぶん笑えない。ニコラスは腸《はらわた》が煮えくり返る思いだったがそれを表には出さない。

ハン議長は続けて言う。

「日本政府とて、この国の現状は認識している。死なれて困るような人材なら、みすみす単独で送り込んでくる筈などあるまい」

「……まことに遺憾な結果です」

「むしろ大佐、君はさらなる不測の事態について備えておくべきだ」

「は？」

「この程度で死ぬはずがない、と期待されている人材だからこそ、彼女が送り込まれてきたとも考えられる。この先の報告を楽しみにするとしよう」

議長の意味深な言葉に戸惑いつつも、ニコラスは無言で敬礼してから執務室を出て行く。

――議長は何を考えているのか？

官邸の通路を歩きながら、ニコラスは考える。最近、ますますハン議長の考えがわからなくなってきた。日本政府の傀儡《かいらい》のくせに、態度は思わせぶりで国家憲兵隊でも把握できない行動が増えている。日本から定期的に届く謎の荷物。

（これ以上失態が重なったら……！）

ハン議長は、自分も切り捨てるだろう。

この国の事実上の将軍職にあたるニコラス・ウォン。――とはいえ、シャンバラフロートの秘密を知りすぎているのは諸刃の剣だ。シビュラシステムが完全に動き出せば、捨てられる可能性は否定できない。あれほど優秀だった軍人——セムも、作戦中の負傷が原因であっさりと解雇された。彼は政府の方針に懐疑的なところがあったため、ちょうどいい口実ができた形だった。ろくに治療も受けられないまま生ごみのように捨てられたセムは、今では反政府ゲリラのリーダーだ……。ここ数年、政府や国家憲兵隊は重大な判断ミスを重ねているように感じる。——まあいい。傀儡の尻ぬぐいも自分の大事な仕事だ。

（あの男を使うか）

高くつくが、仕方がない。

上手くいけば、ついでにゲリラを一掃できるかもしれない。

2

——穏やかな海面が亜熱帯の陽光を反射させ、繊細な波音を立てている。南沙諸島に浮かぶ小島のひとつ。輝くような白い砂浜に、不似合いに無骨な船着場が設置されている。船着場に係留されているのは、重武装の高速ボートだ。

数百メートル内陸部に進んだ小高い丘に、ビロウの群落が繁茂している。そこの一部を切り開いて、プロヴァンス風の豪邸がたっている。植民地貴族の別荘といった趣き。ある傭兵部隊が、この島に一大リゾートを築いている。シビュラシステムを導入していない世界各国は基本的に荒れ果てていたが、彼らの土地だけは別だった。半世紀前の――「当時」最新の――兵器で守られた、傭兵貴族の天国。島の各所で、拉致されてきた南国の若い男女が強制的に働かされている。

豪邸のオープンデッキの、木陰になった場所で一人の男がくつろいでいる。アームチェアにゆったりと腰かけて長い足を組み、ちびちびと舐めるようにフランス語の本を読んでいる。

『Peau noire, masques blancs』

黒人男性――知的な風貌で、筋骨たくましい。右腕と左足は特殊合金製の義肢だ。本を読みながら、時折バーボン・ウイスキーを口に含む。

彼の名はデズモンド・ルタガンダ。

この島の王。傭兵王ルタガンダ。

彼の携帯端末が受信して点滅した。

「……ん？」

本を閉じて、通話を開始する。

ホログラムで、お得意様――ニコラス・ウォンの顔が携帯端末から投影された。

『急ぎの仕事を頼みたい。勿論、報酬ははずむ』

「そいつは有り難い。みな暇を持て余してるところでね」

ルタガンダは立ち上がった。読書用のメガネを外してテーブルの上に置く。オープンデッキからは、島の浜辺まで見渡せた。美しい浜辺——しかしよく目をこらすと、そこには射撃練習用の標的が並んでいた。木の杭を立てて、そこに反抗的な態度をとった奴隷たちが見せしめに縛り付けてある。がっちり動けないようにしてから、腹や足の死ににくい場所を狙って弾丸を撃ちこむ。撃たれた奴隷は、数時間から長ければ数日、たっぷり苦しむ。陽に照らされて干からび、海風にさらされて萎びた死体になっていくのだ。

『古代遺跡群近辺を根城にしているゲリラの中に、日本人が二人いる。連中のメンバーに加わった奴と、それを逮捕しに東京からきた捜査官。こいつらを……始末してほしい』

「ゲリラはともかく、捜査官も？　日本政府のエージェントでしょう？」

『先々、余計なことに鼻を突っ込んでくるかもしれん。目障りだ』

「やれやれ、あんたたちはシビュラにかかわってから、厄介な依頼ばかり寄越す」

『お陰でシャンバラという天国が手に入った。君たちだって望むなら、ここで文化的な暮らしが送れるんだぞ。いつまでそんな小島で蛮族ごっこを続けるつもりだ？』

「『個々人の水準においては、暴力は解毒作用を持つ。原住民の劣等コンプレックスや、観想的ないし絶望的な態度をとり去ってくれる。暴力は彼らを大胆にし、自分自身の目に尊厳を回復させる』」

『……ああん？』

「フランツ・ファノンはご存じない？」

ルタガンダは微笑した。

ニコラスはやや気分を害したような顔で、

『標的の詳細な居所は、こちらでも調査中だ。見つけ次第——』

「問題ない。傭兵には独自の情報網がある。たいていの情報は金や貴重品で買えるんでね。もちろん必要経費は別途請求させていただくが」

『………』

「軍用機の着陸許可と、敵味方識別装置の認識コードを」

3

移動中に、狡噛は自分の上着を常守に貸した。常守は公安局の野戦服姿だったので、それを隠しておかねばならない。あからさまな政府関係者を抵抗組織の拠点に連れて行くことはできないし、ガネーシャから逃げる際に濡れてしまったので体を暖めることもできる。

田園地帯、森林地帯を抜けた先にある、忘れ去られた古代寺院。かつて栄えた都の遺跡群を利用して、抵抗組織——反政府ゲリラのキャンプが構築されていた。老人や子ども、そして兵士たちが暮らしている。

遺跡への入り口で、狡噛は軍用ジープを停めた。旧式のライフルを構えた現地の男たちが近づいてくる。その中の、リーダーらしき雰囲気の人物が話しかけてきた。

「コウガミ、彼女は？」

「……説明するのが難しいんだが……とにかく、敵じゃない。セム、俺の客だ」

セム、と呼ばれたその人物は、何かケガがもとで足を少し引きずっていた。頭部にも目立つ傷がある。

「……あ」

常守は、とっさに挨拶をすることもできない。セムが放つ異様な気配に気圧《けお》されていた。怖い人物、というわけではない。修羅場を踏んできて、それでも人間性を失わない気高さがそのまっすぐな眼差しから伝わってきたからだ。

「あなたもコウガミに導かれたのか。ならば、同志だ。歓迎しよう」

セムのほうから微笑んで手を差し出してきたので、常守はようやく一礼することができた。戸惑いながらも握手に応じる。

「俺はセム。ここのリーダーを務めている」

「……常守朱です。よろしく」

ゲリラにどこまで心を許してよいものか、まだ常守は半信半疑だ。


古代遺跡群はツタ類に絡まれ、緑に侵食され、まるで森林に飲み込まれかけているかのようだった。日に焼けて変色した巨石と、生命力に満ちた植物の調和のとれた光景。しかしそれが逆に、政府軍の目をくらます効果がありそうだ。この地形では、爆撃も効果が薄い。遺跡は小さな山を中心に広がっていて、各所に洞窟があり、それがシェルターの役目も果たしていた。一番大きな古い寺院には多数のバラック小屋やテントがたち、そこで女性や子どもが生活していた。女性の仕事は炊事洗濯だけではなく、運動神経がよさそうなものは銃を手にとって男たちに交じっていた。男たちは、より森に近い兵士宿舎で暮らしていた。ほとんどは広場で軍事教練に精を出している。

そんな抵抗軍の拠点を、狡噛と常守は並んで歩いていく。すると、抵抗軍拠点の住人たちが狡噛を拝むような態度をとった。――感謝だ。狡噛慎也は、この拠点において尊敬を勝ち取っていた。彼はおそらく、常守が日本で犯罪と戦っていた数年のうちに、この抵抗軍にたくさんの小さな勝利をもたらしてきたに違いない。

常守は無性に悲しくなった。狡噛の判断が正しかったと思いたくない。

プレハブとテントの中間のような建物が、狡噛の住居だった。完全な木造の二階建てで、抵抗軍の幹部が集まっているようだ。狡噛の個室で、ふたりきりになる。奇妙な緊張。狡噛がジャワティーをふたりぶん用意し、テーブルを挟んで向かい合う。

「……ギノは元気か」

「あのあと、執行官ですよ」

「そうか……」

狡噛の顔に、かすかな後悔がにじんだ。

「ギノのかわりに新しい監視官が？」

「はい。悪い人ではないんですけど……潜在犯を敵視するあまり、捜査の方針に問題が」

「大変そうだな」

「狡噛さんほどじゃないと思います。……こんなところで、何をやっているんですか？」

「……最初は、静かな場所を探していた。疲れてたしな」

問われて、狡噛は遠い目をする。

「だが、シビュラシステムの外に出たら、静かな場所なんてどこにもなかった。世界中のあちこちが戦場だった。俺もそれなりに自分を鍛えてきたつもりだったが、甘さを思い知らされた。生き残るためのすべを身につけ直したよ」

「でも、どうしてゲリラの一員に？」

「……この国にやってきて、しばらくするとハンの一方的な政策と、ドローンによるゲリラ狩りが始まった。そのやり口があんまりだったんでな……」

常守は、国境防衛ドローンによる戦闘、ニコラス率いる国家憲兵隊の戦闘を思い出す。

「で、抵抗軍に対ドローン戦闘のやり方を教えることにしたんだ。ドローンはすべてメイド・イン・ジャパン。何が弱点で、どう倒せばいいのか、俺にはわかってる」

「こんなやり方で、いったい何が変わるっていうんです？」

「こう見えてもな、初めは粘り勝ちの目もあったんだ……」

狡噛は、いったん煙草に火を点してから、説明を続ける。

「今でこそ議長などと名乗っちゃいるが、実体としてハンは一軍閥のリーダーでしかない。奴は他のライバルを出し抜くために日本のシビュラと手を結んだ。奴が欲しかったのはシャンバラフロートの楽園なんかじゃない。その防衛の名目でついてくる軍用ドローン部隊にしか興味がなかった。その程度の頭しかない奴だったんだ」

狡噛は憂鬱そうに紫煙をくゆらせる。

「結果としてハンの勢力は他の軍閥を圧倒する最強の武装集団になったが、それがあいつの命取りになる筈だった。シビュラシステムってのは言わば究極の官僚制度。独裁者にとっては悪夢みたいなもんだ。いざ統治する段になれば全てをシステムに掌握されて、自分には何の権限も与えられない。シビュラの恐ろしさにハンが気付くのは時間の問題だったし、その時点でシャンバラフロートなんて建造の途中で放り出しちまうだろう。……ってのが、一年前までの俺たちの見立てだ」

「……でも、結果は違った」

「ああ。ハンは大人しくシビュラに実権を明け渡し、海の上には日本と同じ楽園ができ上がり……そして武装ドローンは今でも反対勢力を容赦なく殺して回ってる」

「…………」

「おそらくハンとシビュラとの間には、俺たちの想像を超えた裏がある。それが何なのか確かめるまで、後には退けない。近頃は苦しくなる一方だが、な」

悲観を述べつつも、狡噛の眼差しには揺るがぬ強い闘志がある。

「それが……狡噛さんの正義、ですか？　法に頼らず、大勢の人を巻き込んで、独り善がりの意地を通して戦い続ける」

「言うようになったな」

「あなたは何も変わってない。――ええ、安心しました」

「……?」

厳しい語調から一転、常守は表情を和らげた。

怪訝そうな顔をする狡噛。

「本当に、日本に来たテロリストとは無関係だったんですね?」

「シビュラの大本である日本に報復を仕掛けよう、と言い出した奴は確かにいた。俺もセムも反対したんで、そいつらはこのキャンプから出て行ったが……自力で海を渡る算段をつけられる連中じゃなかった」

常守は、携帯端末のホロ表示でサムリンたちの顔を狡噛に見せる。

狡噛はうなずき、

「……間違いない。サムリン、マー、ヌーク、ムセ、ソバン、シム……こいつらだ。全員死んだのか?」

「マー、という人だけは生き残っています」

「命を無駄にしやがって……」

心底残念そうに狡噛が言った。

常守の表情が曇る。狡噛には、サムリンの最期がどんなに悲惨なものだったかとても言えない。はやく、話を先に進めたい。

「……彼らは高度なクラッキング機材に、廃棄区画の故買屋と接触するツテまで用意していました。おかしいと思いませんか？」

「確かにな。誰かが手引きした、と考えるべきだろう」

狡噛も常守も、ともに黙り込んでそれぞれ考えに耽る。

しばらくして、

「……どうやらお互い、思っていた以上に深い泥沼に足を突っ込んでるようだな」

狡噛が口を開いた。

「今夜はここに泊まれ。夜が明けたら、シャンバラフロートの徒歩圏内まで送らせる。大人しくしていれば危害を加えられることはない」

「任意同行、求めるだけ無駄ですか？」

「頼むからセムには、自分が刑事だなんて名乗らないでくれよ。政府関係者と知れたら、あいつらだって黙っていられなくなる」

4

古代遺跡群を利用した広大な抵抗軍の拠点――。深夜、その周囲を囲む大河を泳ぐ人影があった。夜の水泳は距離感がつかみにくく素人は溺れやすい。だが、「彼女」

はそんな間抜けにはほど遠い。

ニコラス・ウォンが雇った非合法工作員——デズモンド傭兵団。

抵抗軍の拠点に向かって泳いでいるのは傭兵団の一員、ユーリャ・ハンチコワだ。

短い髪の、氷の雰囲気を身にまとったロシア出身の女性。鍛えぬかれた長身を、あらゆるセンサーに感知されにくいステルススーツで包んでいる。顔にもステルス塗料で迷彩を施す。スーツは体に密着し、薄いが防弾性も高い。

ルタガンダは少数精鋭での作戦遂行を好む。

ユーリャ、ウェバー、ババンギダ、ブン——そして指揮官であるルタガンダ本人。合計五人チーム。

「…………」

ユーリャは偵察係として先行し、センサー類が詰まったバックパックを背負っている。そのバックパックから長く伸びているのは、導電性強化プラスチックのアンテナだ。ユーリャの思考を探知して生き物のように動くアンテナは、毒針のついたサソリの尻尾のように見える。

ゲリラの見張りがいないことを確認してから、ユーリャは河からあがった。昆虫サイズのマイクロ・ドローンを二〇機近く、周囲数キロの範囲にばらまく。ユーリャはマイクロ・ドローンとアンテナからテラヘルツ波を放つ。

テラヘルツ波レーダー。テラヘルツ波は、光波と電波、その中間に位置する。光学測定系を構築し、透過性の高い測距が可能だ。デズモンド傭兵団は全員、軍事用のコンタクトレンズと携帯端末をつけている。コンタクトレンズは超小型のディスプレイとマイクロプロセッサ内蔵型。

先進的な軍隊ならばマイクロ・ドローンやテラヘルツ波レーダーへの対策を行っているはずだが、ゲリラにそんな技術力も資金もない。それどころか、デズモンド傭兵団の技術力はシャンバラフロートの政府軍さえも凌駕《りょうが》している。現在これだけの技術を有するのは、一部の傭兵、民間軍事会社くらいのもの。その両方に、日本政府の息がかかっている。

コンタクトレンズのディスプレイに、テラヘルツ波レーダーの情報収集結果が表示された。コンピュータ・グラフィックス処理された視界に、古代遺跡群にいるゲリラ兵士や兵器が赤く縁取りされる。同時に、正確な地図と、ゲリラの監視塔の位置もアップロードされる。

すぐに、ルタガンダから指示がきた。

『一番近くの、監視塔Aを叩け。間をあけず監視塔Bも』

「……了解」

古代遺跡群の入り口に、鉄骨を組み合わせた監視塔――見張り台がある。ふたつの監視塔に、警備のゲリラがふたりずつ。監視塔の高さは一五メートルほど。敵の位置をすでにつかんでいるユーリャは、導電性強化プラスチックのアンテナを鉄骨に巻きつけて、音もなく監視塔をのぼっていく。

見張り台は低い壁に囲まれているだけで、主に無人航空機を警戒していた。人間が忍び寄ってくるのは想定外、といった様子だ。見張り台の広さは五メートル四方。この広さでステルスキルを行うのはかなりの高難度だが、ユーリャならば可能だ。監視塔にあがって、密かに兵士に近づくユーリャ。

ナイフを抜き、無防備なゲリラ兵の喉を掻っ切る。

さらに、すかさず次のゲリラ兵に接近。ライフルのスリングをつかんで引き倒し、口を手で押さえてから心臓をナイフで一突き。

ナイフを鞘に戻し、ユーリャはスリングで背負ってきたサプレッサーつきのサブマシンガンを構えた。亜音速弾を使って、銃声は最小限にとどめてある（通常の弾丸を使用すると、初速が音速を超えるため衝撃波をともなう甲高い銃声が発生する）。監視塔Aから監視塔Bを狙って、引き金を絞る。

音もなくさらにふたり殺す。

「……クリア」

ユーリャは携帯端末の通信機能で仲間たちに告げた。

携帯端末から表示されるホログラムで、デズモンド傭兵団は情報を共有している。

ホログラムには、指先で直接文字を書き込むことができる。ルタガンダは人差し指を動かして、ユーリャが沈黙させた厄介な監視塔にチェックを入れた。

「……行くか」

「予定通り作戦開始だ」

ルタガンダは徒歩で、タイ人スナイパーのブンはジェットパックで、フランス人のウェバーとアフリカ系のババンギダは強化外骨格で移動する。

強化外骨格――いわゆるパワードスーツ。二足歩行の装甲兵器。

全高二・八メートル。見た目は鋼鉄のトロルといったところ。脚部オムニホイールと背部スラスターによって、不整地や市街地に強い三次元機動が可能。武装は左腕部に固定の大口径機関砲と、肩部の多目的誘導ミサイル、ロケットランチャー。

ゲリラを一蹴するには十分な戦力だ。

戦術顧問の男はD《デルタ》、日本人の女捜査官はJ《ジュリエット》と呼称する。

5

抵抗軍拠点の夜――明かりを落とした狡噛の部屋。常守はベッドを使い、狡噛は床に毛布を敷いて眠ろうとしている。なにしろ、戦場を切り抜けたあとだ。落ち着いて考えてみたら疲れきっていた。翌朝、セムも交えてこれからの方針を相談する予定だった。

「…………」

狡噛慎也と常守朱。二人の間に漂う奇妙な緊張感が拭えない。疲れているのに、常守の意識だけは過敏に冴えている。いや、疲れすぎたがゆえに過敏なのか？　とにかく寝付けなくて、常守は狡噛の部屋を出た。

渡り廊下の窓から、外を眺める。

「あ……」

発電機の数が少ないのだろう。ゲリラたちは本物の火を燃やして照明器具のかわりにしている。昔ながらの篝火というやつだ。

とんでもないほど夜空が美しかった。星々の輪郭が、宝石のようにくっきりしている。ゲリラのキャンプはとにかく明かりが少ない。篝火なんて、光量でいえば東京都内で使っている街灯の十分の一にも満たないだろう。地上が暗いぶん、空がよく見えるのだ。

「すごい空だろ」

狡噛も起きてきた。

「星が落ちてきそうです」

「日本は地上が明るすぎるのさ」

「でも、電気があったほうが便利は便利ですよね」

「当然、そうだ。科学の発展自体は悪じゃない。問題は、少数の利益のために科学や技術が悪用されることだ」

久し振りに再会して――。

狡噛はやっぱり狡噛のままだ。

「それにしても、ギノが執行官か……」

と、少しだけ悔やむように狡噛がつぶやいた。

「昔……とっつぁん……征陸さんが言ってた。『伸元の執行官落ちなんて見たくない』ってな。あの世で再会したら言い訳できない」

「あんな事件があったから……」

「六合塚は？」

「……相変わらず……でも、犯罪係数に良化傾向が」

「いいニュース……なのかな。志恩は？」

「あのひとは本当にいつも通りです。一係の大事なバランサーですよ」

「……縢は？」

「……まだ。行方不明のままです」

行方不明ではない。

縢は殺されたのだ。

そのことを知っているが、本当のことを言えばシビュラシステムはどんなことをしてでも狡噛を殺そうとするだろう。海外逃亡中でも関係ない。シビュラに敵対するものがシビュラの真相を知ることを、あのシステムが歓迎するはずがない。

本当のことは言えない……胸が苦しい。

でも、そのことを狡噛に気づかれるわけにはいかない。

「……そうか。雑賀先生は？」

「隔離されてますが、刑事課の重要なアドバイザーとして働いてくれています」

「生きてる、か……」

狡噛は微かに笑った。

「生きてる、ってのはいいな」

その言葉に、常守もつられて笑った。

──ああ、その通りだ。

生きているのは、悪くないことだ。

「あんたは俺のことをどう思ってる？」

狡噛が訊ねてきた。

「怒っているのか？」

「狡噛さんが槙島を殺さなかったら……」

考えながら、常守は答える。

「宜野座さんの色相はもっと悪化していた。執行官にもなれなかったかもしれない。そして、槙島が生きていても、狡噛さんは処分されたでしょう」

──そうなったら、私はそのときこそ本当にシビュラシステムを許せなくなっていたかもしれない。

「結果的に、あなたが外国に逃げたというのはベストの判断だった……という可能性が高い。もどかしいです。もっと日本で踏ん張ってほしかった……」

「そう言われてもな……」

「ゲリラと一緒の狡噛さん、生き生きしててなんだかちょっと腹立ちますね」

「生き生きしてるか？　こっちはこっちでツラいんだがな……」

と、狡噛は眉間にしわを寄せる。

「日本には母もいるしな……」

「とも代さんですよね」

「ああ」

「ときどき、私が会いに行ってます。気が紛れるかな、と思って」

「ありがとう」

「いえ……」

こういうとき、狡噛はとても優しい顔をする。

それを見た常守は、ずるい、と思う。

「どんな感じだ？　俺の記憶では、とても気丈な人だ」

「実際、とても気丈な人です。私の前で弱い顔を見せたりしません」

「日本にはいられない。そして、ここにはやることがある。ままならないな……人生なんてこんなもんだ」

夜が更けていく。

篝火に虫が集まり、音楽的な羽音を立てていた。

「狡噛さんは、命は惜しくないんですか？」

「命は惜しくない」

「…………」

「問題はいつ死ぬかじゃない、どう死ぬかだ」

狡噛がそう言った瞬間、常守はたえられなくなってふきだした。

「ぷふっ！」

そのまま、どんどん膨らんでいって腹を抱えて大笑いしてしまう。

「なんだよ」

久し振りに笑った。心の底から。

「だって、狡噛さん……」

──私が予想した通りのことを言うもんだから。

「いや、なんでもありません」

「嫌なやつだ。いきなり笑い出して……」

肩をすくめたあと、狡噛も少し笑った。

常守の笑いが収まったころ──

「立派になったたな」

狡噛はしみじみとつぶやいた。

「そうですか?」

そう言いつつ、常守はすでに照れている。

「いい飼い主の顔だ。腕のいい狩人の顔でもある」

「今のあなたはまさに野良犬《ストレイドッグ》」

「野良犬はひどいな」

「たしかに……私たちは人間同士」

「ようやく、な」

「皮肉な話ですね。人間同士になったのに、相変わらず私たちの間には事件が挟まっている」

「俺たちらしくていいじゃないか」

そう——事件の話だ。

常守朱がここに来ることになった、理由。

「……日本に来たテロリストは、珍しい、紙の本を持っていました。プルーストの『失われた時を求めて』」

「そいつは俺の私物だろう。まだサムリンがここにいた頃、しきりに読みたがっていた。紛失したかと思っていたが……あいつに持ち逃げされてたのか」

「さっきのセムって人も、あなたに導かれた、って言ってましたね。狡噛さんはただの戦術顧問じゃなくて、精神的な指導者になってるんじゃないですか？」

心当たりがあるのか、狡噛はやや不愉快そうに顔をしかめた。

「……正直、気にくわない。ガラじゃないしな。だがどうにもここにいる連中は、俺の言葉や態度に影響を受けすぎてる節がある」

「あなた自身にそのつもりがなくても、狡噛さんには他人を引き寄せる重力のようなものが備わっているんです。あの、槙島聖護と同じような」

「……あんたにも、俺があいつの同類に見えるのか？」

「あなたは誰よりも的確に槙島の動向を予測できた。彼と同じ才能や素質を持ち合わせていたとしても、不思議はありません」

「……少なくとも日本にいた頃は、俺の言葉が誰かを惑わすようなことはなかった。なぜ、今になって急に？」

「生き方が変わったからです。体制側から、反体制側に。あなた自身の自覚はどうあれ、今の狡噛さんの立ち位置はかつての槙島聖護と大差ありません」

「この先、俺が槙島のようになると？」

「いいえ、でもあなたに槙島と同じものを求める人間は、続々と現れることでしょう。社会に対する怒りや不満を抱えた者が、何かを期待し、託したいと思うようになる吸引力……彼らは狡噛さんを、槙島と同じ場所に祭り上げてしまうかもしれない」

「迷惑な話だ」

「でもあなたには、他人を支配しようとする野心がない。それが槙島聖護との、最大の違いです」

槙島に対する常守の誤解に、狡噛は思わず笑ってしまう。

「あの男をそんな風に思っていたのなら、なるほど、手こずらされるわけだ」

「え？」

そのときだった。

大口径ライフルの銃声が轟く。

第七章

1

デズモンド傭兵団、浅黒い肌で彫りが深い顔立ちのタイ人、ブン。彼は翼とエンジンが一体化したジェットパックを背負い、その噴射で移動する。

ブンは、スナイパーとして常に優位な位置へ移動する必要がある。そのために、水素燃料エンジンの高性能ジェットパックを使っているのだ。ハイブリッド仕様で、カートリッジで交換可能なコンパクト・バッテリーにも対応している。

襲撃作戦がステルスからダイナミックに切り替わったのは、スナイパーであるブンの攻撃からだった。飛行していたブンは、古代遺跡群を見下ろせる丘の上に着地。背負っていたジェットパックを銃架にして、巨大なスナイパーライフルを構える。先行したユーリャからの情報——拡大され、ホログラム表示される照準システム。二〇ミリ徹甲焼夷弾をセミオートで発砲する。ガコンガコンと装甲板を「抜く」音のあと、ゲリラのテクニカルが火を噴いて爆発する。

狙撃を合図に、一斉攻撃が始まった。

驚異的なダッシュ力で拠点に乗り込みつつ、ルタガンダは脳波制御で二機の攻撃ヘリ型ドローンをコントロールしている。たとえ相手が貧弱なゲリラでも、上空からの援護があるかないかでは作戦の難易度がまったく違う。

伊達に体を半機械化しているわけではない。ルタガンダは一〇〇メートルを六秒ほどで駆け抜ける。ジャンプ力は、助走をつければ一気に五メートルは飛び上がる。そんな身体能力をいかして、遺跡の壁を乗り越え、奥深くに侵入していく。

ルタガンダは、すぐにゲリラの電子戦車両を発見した。改造されたECMポッドが積んである。ECMポッド——日本の国境防衛システム空軍で使っている最新鋭モデルだ。事故で墜落した戦闘機から取り外したか、盗みだしたか——どちらにしても、例の戦術顧問がいなければこれほどのハイテク機器を使いこなすことはできなかっただろう。これに、ニコラスの政府軍はずいぶん苦しめられていた。

ECMを起動させるために、ゲリラの技師とその護衛が車のまわりに集まっていた。

ルタガンダはカービンモデルのコンパクトなアサルトライフルを構えて、短い連射を繰り返す。全自動連射を指で区切るような撃ち方。一度引き金を引くたびに、二発から三発の弾丸が発射される。三〇発の弾倉が空になるまでに、きっかり一〇人分の死体ができ上がる。

ウェバーとババンギダが操縦する強化外骨格が、ゲリラが構築したバリケードを破壊した。機関砲とロケットランチャーが吠えて、襲撃に気づいて飛び出してきたゲリラたちを吹き飛ばす。数十人が、まとめて血と肉の破片に変えられていく。

『ブン、お前もこっちだ』

と、ルタガンダが無線を使った。

「了解」

狙撃していたブンは、ジェットパックを背負い直して飛翔した。上空から村全体を見下ろしつつ、ロボットアームによって支えられたスナイパーライフルで射撃を続ける。

ゲリラ兵士たちの一部が、対戦車ロケットを持ちだした。RPG－29だ。これを直撃させれば、強化外骨格を倒せる。しかし、RPGを構えた兵士が、ブンの狙撃の的になった。彼が使っている焼夷徹甲弾は、ただ相手を貫通するだけでなく、火もつける。体を砕き、あるいは大穴をあけ、人間を燃やす。

2

狡噛と常守は、混乱する抵抗軍の拠点を駆け抜ける。攻撃ヘリ型ドローンの掃射で、小屋や兵器庫が爆発した。抵抗軍の男たちは、女性、子ども、老人を優先してシェルターがわりの洞窟に逃す。

「このやり口は、さっきの連中とは違う！」

狡噛が大声で言った。

「どう違うんですか？」と、常守。

「ドローン頼りじゃない。高度な戦闘訓練を受けた特殊部隊。嫌な感じだ」

狡噛たちは古代遺跡群の広場に出た。ここから各方面に車道が延びている。

そこへ軍用ジープでセムが駆けつけてくる。

「セム！　ＥＣＭは？」

「装置を押さえられた！　敵に先手を打たれてる」

その瞬間、狡噛は状況を把握した。かなり念入りな偵察を行ったあと、敵が奇襲を仕掛けてきた。そいつらは、政府軍より先進的な装備を持っている。抵抗軍の想定外――戦力的には限りなく「日本軍」に近い。

「セム、彼女を逃がす。援護してくれ」

そんな狻噛の言葉に、

「狻噛さん!?」

常守は目を丸くした。

セムは頷いてジープを降りる。

かわりに常守が乗れ、という。

「あんただけでも脱出しろ」

言いながら、狻噛は他のゲリラからアサルトライフルとグレネードランチャーを受け取った。さっきまで寝る寸前だった狻噛は、護身用のリボルバー拳銃しか身につけていなかったのだ。

「私一人だけでなんて!」

「あんたの犯罪捜査から、ハンの悪事の尻尾を摑めるかもしれない。俺たちにとってはチャンスだ。シャンバラに戻って任務を続行しろ」

「でも……」

「心配するな。俺がそう簡単に死ぬと思うか?」

そう言って、狻噛は苦みばしった顔に笑みを浮かべる。

「ここを生きて切り抜けたら、また俺を捕まえにこい」

「……はい！」

セムが、常守に電磁パルスグレネードを手渡した。

それを受け取って、振り返りながらジープに乗り込む。

狡噛はセムとともにもう走りだしている。


常守と別れると、セムがバイクを持ってきた。二人乗りで疾駆する狡噛とセムは、ECMポッドをのせた車を目指している。まずは、頭上の攻撃ヘリ型ドローンを片付けないと反撃も撤退もままならない。ECMを起動できれば、通信妨害、ノイズ・ジャミング、欺瞞妨害で敵の連携を阻害できる。

しかし、移動中の狡噛たちに巨大な機関砲の弾が降り注いできた。ウェバーとババンギダのパワードスーツだ。とりあえずここは逃げるしかない。運転担当の狡噛は、バイクを傾けてアクセルターンで急激に方向転換。少しでもパワードスーツから遠ざかろうとする。だが、方向転換でスピードが落ちた瞬間、後ろに乗っていたセムが飛び降りた。

「行け！　コウガミ」

「セム、一緒にこい！」

「同朋を見捨てられるか！」

「ッ！」狡噛は舌打ち――やめろ、死ぬぞ。

セム。お前はここで死ぬような人間じゃないんだ。

悩みながらバイクで走って、結局狡噛も途中でブレーキをかけた。バイクを乗り捨てて、狡噛はグレネードランチャーを構え直す。

間に合わなかった。

反撃する他の兵士たちと一緒に、セムは機関砲の弾をくらってしまった。一発で、上半身のほとんどが消失してしまう。確認するまでもない、即死だ。

「セムッ……！」

――あれほどの男が、こんなにあっけなく！

狡噛は怒りに震えて奥歯を噛み締めた。

ショックを受けている場合ではない。

狡噛は、グレネードランチャーでパワードスーツを狙う――。

そのとき、「サソリの尾」のような可動型アンテナが襲いかかってきた。アンテナといっても、強度は鋼鉄に近く、先端には鋭いフックが付いている。よけきれず、咄嗟に自分の武器でフックを防ぐ。

「ぬッ！」

「サソリの尾」によって、グレネードランチャーが破壊されてしまった。

ステルススーツのユーリャが、ナイフを抜きながら狡噛の前に現れた。

――どうして、銃を持っているのに、この女傭兵は撃ってこないのか？

彼女の手首を掌底で打ってナイフの攻撃をさばきつつ、狡噛は不思議に思った。銃を持っているなら、普通は接近戦を仕掛けたりしない。

狡噛は気づく――おそらく、「日本人は殺すな」という指示が出ているのだ。

狡噛は飛び退いて間合いをとって、スリングでさげていたアサルトライフルを使おうとした。

が、それより早くユーリャが踏み込んでくる。

狡噛はユーリャを突き放すために、足の裏でスタンプを押すように前蹴りを打つ。

ユーリャは狡噛の前蹴りを体を開いてかわし、半回転しながらナイフを振るう。狡噛はそれを頭を低くしてかわし、反撃の下段回し蹴り。ユーリャはすねを使って下段の蹴りを受け流し、すかさず後ろ回し蹴りを返す。

狡噛は上体を反らして彼女の大技を回避。

狡噛はユーリャのナイフを持った腕を左手で押さえつつ、右手で裏拳を一発。

ユーリャはこれを左前腕部で打ち弾く。

――並みの女ではない。

こと殴り合いに関して、狡噛がこの手数でやれない相手は珍しい。

（……政府軍は、金を惜しまず凄腕を雇ったか！）

これほどの部隊がフリーとして活動していたことに、狡噛は驚きを隠せない。

3

ジェットパックで飛行しつつ、上空から狙撃を繰り返しているブン。

無線を使って報告する。

「標的デルタを発見。狙撃しますか」

デルタ――狡噛慎也を示す。

『待て』受信機からルタガンダの声。『標的ジュリエットは？』

ジュリエット――常守朱。

常守は、軍用ジープの助手席に乗っていた。運転しているのは、ゲリラの中年男性だ。攻撃ヘリ型ドローンが近づいてきたので、ためらわず電磁パルスグレネードを使った。電磁波の破裂で、ドローンが火花を散らす。一機が墜落し、しかしもう一機はもちこたえた。常守はジープの後部に移って、設置された重機関銃の安全装置を解除。一四・五ミリの集中射撃で二機めも爆発させる。

『やられた。逃げられるな、こりゃ』

ルタガンダが言った。

「ジュリエット、俺が追いますか……？」

『いや、間に合わん。かわりにデルタだ。俺もすぐ行く』

ジェットパックを切り離して、ブンは狡噛の目の前に着地した。

ユーリャと二人がかりで格闘戦を挑む。


空からタイ人が降ってきた。顔を肩に近づけてアゴを守り、拳の位置が高い。ひと目でわかるムエタイの使い手。着地と同時に、間合いを詰めて蹴ってくる。強い蹴り――軸足のカカトを上げて振りぬくテッ・カン・コー《ハイキック》。

狡噛はそれを前腕部で払いのける。

タイミングをはかって、ロシア女が下段の関節蹴りを合わせてきた。狡噛はすねで蹴りをカットして、ジャブを一発返しておく。

ハイテク装備だけではない、つま先から頭のてっぺんまでよく訓練されている。タイ人とロシア女。コンビネーションもいい。

ロシア女のナイフをかわすと、タイ人の肘打ち。

ほんの一瞬も気を抜けない攻防が続く。

狡噛はむしろしめたものだ、と思った。わざわざ格闘戦を挑んでくる敵は、どんなに手強くてもありがたい。向こうがこちらを生け捕りにしたいのがわかったので、大胆に振る舞うことができる。このふたりを返り討ちにしてしまえば、あとはどうにでもなる……。

「ふっ」と狡噛は前蹴りをロシア女の腹に打ち込んだ。みぞおちに入って、女が吹っ飛ぶ。

そこで、カバーするためにタイ人が殴ってくる。その攻撃を読んでいた狡噛は、タイ人の首と肘をつかんで関節を極めて、投げた。

タイ人を、さっき吹き飛ばしたロシア女にぶつける。もつれ合ったふたりが、完全に無防備な後頭部をさらした。

踏み潰して、とどめ――と、狡噛が足を振り上げた、次の瞬間。

「――ッ！」

横合いから、信じられない速度で大男が突っ込んできた。

ルタガンダも、狡噛に襲いかかった。

ユーリャとブンが二人がかりで、しかも負けそうになっている。こんなとんでもない男がいたのか、と内心舌を巻いていた。半端じゃねーや。

——大好物だぜ、お前みたいなやつはよ。

投げられたブンが後頭部を蹴られそうになっていたので、そこにルタガンダは割り込んでいった。狡噛は勘がよく、危機を察して慌てて飛び退く。地面を蹴って、さらにもう一歩間合いを詰めていくルタガンダ。

至近距離。

生身の左手で速いパンチをうったあと——これは、わざと狡噛にブロックをさせる——本命の右フックを放つ。ルタガンダの右腕は特殊合金製だ。狡噛はこの右フックを左腕で受け止める。ルタガンダは、そのガードごと彼を吹っ飛ばす。

「!」

低くうめきながら、狡噛が地面を転がった。

ルタガンダは追いかける。

狡噛は、立ち上がりながらカポエイラばりの後ろ回し蹴りを繰り出す。

危ないところで、ルタガンダはその蹴りを肘で防いだ。

(あの体勢から反撃の蹴りが出るなんて、大したもんだ)

ルタガンダは狡噛の手首をつかんで、関節をとりにいく。すると狡噛はルタガンダの関節技を振りほどきながら、逆に肘関節を極め返す。——狡噛のミス。つい反射的に関節技をかけ返してしまったのだろう。ルタガンダの右腕は、そう簡単には折れない。

特殊合金製の義腕を極めきれず、狡噛の動きが止まった。

そこでルタガンダは、右腕と同じく特殊合金製の左足で下段蹴り。

強い蹴りで狡噛をひっくり返す。

地面で背中を強打した狡噛。ようやく隙ができた。

ルタガンダは狡噛の首を、右手でつかむ。膝を狡噛の腹にのせて、圧迫する。

「……ただものじゃないな、お前」

「生かしておけば後悔するぞ……！」

「そいつぁ怖いな。だが生憎、色々と訊かなきゃならないことがある」

頸動脈を絞めて、ルタガンダはあっさり狡噛を気絶させた。

4

——敵の追跡を、完全に振りきったようだ。

運転手のゲリラ兵士と別れて、今、常守はひとりで軍用ジープを運転している。森林地帯を抜けて、悪路をかっ飛ばし、光り輝くシャンバラフロートへ。

「銃声が止んだ……」

戦闘が終わった。

どちらが勝ったのか？　あの状況では、結果はわかりきっている。

常守は、何食わぬ顔で狡噛が追いかけてくるのではないかという淡い期待を抱いていたが、それはちょっと楽観的すぎたようだ。──なにがあろうと、狡噛慎也はあんなところで死ぬような人間ではない。なぜか、そう断言できる。無論、不安は拭えない。命をかけた現場に「絶対」はない。ただ、大丈夫だと信じたい。日本であんな別れ方をして、久しぶりに再会して、その直後にまた戦闘で引き離されるなんて──。

「狡噛さん……」

祈るように、思わずつぶやいた。

第八章

1

シャンバラフロートのゲートで、常守は武装解除を要求された。まるで敵のような扱いだと少し苛立ったが、自分だって政府軍のことを味方だとは思っていない。戦場であれだけのことをしたのだから仕方ないか、と思い直す。

国家憲兵隊の兵士たちに囲まれて、常守は銃口で突かれて歩かされた。エレベーターで移動して、最上層部。国家憲兵隊の宿舎中庭まで連行される。そこに、不機嫌そうな顔のニコラスが待ち構えている。

「……いくら大事なゲストとはいえ、こちらにも我慢の限界がある……」

「大事なゲスト？　殺そうとしたくせに」

「ゲリラと一緒に行動していたからだ」

「あれも捜査の一環よ」

「ここが『われわれの国』ということがどうして理解できないのかな？　あなたを監禁する。次の航空便で日本に強制送還だ」

強制送還？　ようやく、常守の表情が変わった。険しい顔つきでニコラスに詰め寄ると、他の兵士たちが銃口で威嚇してくる。

ニコラスは常守を蔑み、警戒していた。しかしここまで危険視されているとは、常守も想定外だった。軟禁くらいは覚悟していたが、強制送還は困る。兵士たちは、常守がこれ以上口を開くことすら許してくれそうにない。

そのとき、中庭の兵士たちが急にかしこまった。

足音が近づいてきて、ニコラスが怪訝そうにその方向を見やると、ハン議長がいる。

「重要なことを勝手に決められてしまっては困るな」

「議長閣下……！」

「彼女を強制送還する必要はない。監視つきで、自室に戻してあげなさい」

「しかし……！」

「黙れ。最近の国家憲兵隊のやり方に、私も疑問がないわけではない。そして軍の最高司令官は私だ」

「は……！」

今度は、ニコラスの顔色が変わった。

「まあ、今のは厳しく言い過ぎた。なにしろ大事なお客様……日本の厚生省からきた監視官なんだ。そこは、汲み取ってくれ」

「…………」

ハン議長の寛大さに、常守はむしろ不信感を覚える。

2

空中庭園クリタ・ユガの一角に位置する迎賓館。常守は、自分に割り当てられたコテージ風、ロフト構造の個室に戻った。戻らされた。部屋のドアの前には、警備ドローンが二台、警備兵が二人、監視についている。事実上の軟禁状態だ。強制送還されなかったので助かった、と考える。

「さて、と……」

常守は、監視官用の高機能携帯端末で部屋の電波状況をチェックした。電源系や照明機器、通信系を丹念に。——結果、壁面に埋め込まれたホログラム・テレビシステムに盗聴器がついていることを発見。そのことには特に驚かない。携帯端末の表示によると、トイレも併設している浴室はさすがに監視の対象外だとわかる。

常守は、自走型スーツケースとともに、浴室に入っていく。まずノートパソコンを取り出し、それから唐之杜志恩が忍ばせていた化粧品ポーチを開けると、中には公安局のマイクロ・ドローン「ダンゴムシ」がぎっしりと詰まっている。

常守はノートパソコンを抱えてカラの浴槽に入った。携帯端末で指示を出すと、多数のダンゴムシが一斉に動き出す。超小型ロボットが高分子モーターの力で転がって、排水口や換気扇から広がっていく。

国家憲兵隊の宿舎から、近くの議長官邸、周囲の官公庁の本部まで。時間はかかるが、その間に朱はノートパソコンを操作している。シャンバラフロートの電波中継ノードを見つけ出して、無線で接続。痕跡を残さないように気をつけながら、唐之杜から預かってきたハッキング用プログラムを携帯端末で流し込む。

成功すると、常守の携帯端末にホログラムで「秘匿回線構築」「衛星通話オンライン」という文字が浮かぶ。

「すみません、志恩さん。聞こえてますか?」

『あら、朱ちゃん』

SEAUnと日本の時差は二時間。唐之杜は普通に仕事中の時間だ。大きな事件さえなければ、すぐに出てくれるだろうと思って通信を試みた。

『もちろん。私が渡したプログラムはちゃんと働いてるみたいね。で、何事?』

「ダンゴムシをばらまいているところです。こいつらなら、この国の防犯設備をごまかせる。建物や街頭に設置されてるサイコ＝パス診断装置について、片っ端から検証してください」

『それで何がわかるの？　そっちでもシビュラシステムは稼働してるんでしょ？　だったら……』

「そのシステムが公正に運用されていない可能性があります。特区内の、とりわけ憲兵隊の関連設備を重点的にチェック。本当にサイマティックスキャンが正確にできているのか、確認してください」

『刑事の勘……ってやつ？』

唐之杜の言葉に常守は苦笑した。

「そんなんじゃないですよ。推論を重ねた上での帰結です」

『わかった。ガンガンやっちゃう』

ダンゴムシが捜索を開始。収集されたデータはいったん常守のパソコンに転送され、そこから衛星経由の秘匿回線で日本の唐之杜へ。

「あともうひとつ。このシャンバラ特区で潜在犯監視に使っている首輪、あれも日本製の機材ですよね」

『そのはずだけど？』

「公安局の権限で解除できるコード、探してもらえませんか？」

『お安い御用だけど……大丈夫？　憲兵隊はいい顔しないんじゃない？』

「顔色窺ってどうにかなる段階は、もうとっくに過ぎちゃってます」

3

ゲリラの掃討が一段落した旧市街——。その一角を占める廃棄された大劇場に、デズモンド傭兵団のキャンプが構築されていた。天井の高いホール内に、装甲車や輸送車、二台のパワードスーツなどが運び込まれている。

狡噛は強化プラスチックのバンドで両手を拘束され、さらに鎖で天井のフックに吊るされていた。上半身裸にされ、既に殴る蹴るの暴行を受けた後なので、あちこち痣だらけになっている。

狡噛を拷問していたのは、フランス人の筋肉質な大男——ウェバーだ。それを、ルタガンダ、ババンギダ、ブンが見物していた。ロシア人ユーリャは、現地の酒や食料を買って今戻ってきた。ユーリャはウイスキーのボトルをルタガンダに、瓶ビールをウェバーに投げ渡す。酒を受け取ったウェバーは、狡噛を殴るのをやめて一休みに入る。

かわりに、ルタガンダが狡噛に近づいた。ウイスキーをテーブルに置いてから、サバイバルキットが詰まったウエストバッグに手を伸ばし、応急手当用の小さなハサミを取り出す。

細く、ナイフのように先端が尖った医療用ハサミ。

ルタガンダは、ハサミをひらいて、狡噛の乳首にあてた。鍛えぬかれた胸板に冷たい刃が触れて、そのおぞましい感触に思わず顔をしかめる。ルタガンダは鋭いハサミの先端で狡噛の乳首をつまむ。あと少し力を入れれば、切り落とされる。

「そもそも、お前は誰かの命令でゲリラの軍事顧問をやってたんじゃないか、という疑念がぬぐえなくてな」

ルタガンダが問うた。

「実は、出国してからも日本の常守とつながっていたんじゃないか？　日本政府はSEAUnの実情をどの程度つかんでいるのか……まあ、知りたいのはそんなところだ」

「俺のバックに日本政府がついてりゃ話は楽だったんだがな……」

狡噛は強気な姿勢を崩さなかった。

「どうしてそう思うんだ？　そっちだって日本政府とつながってるはずだろ？　シャンバラフロートは厚生省のシキリだ……」

「乳首は惜しくないか？　じゃあこっちはどうだ？」

ルタガンダは、ハサミを狡噛の股間にやった。根元を挟み込み、敏感な部分に触れた刃物の感触に狡噛は顔を歪める。

「……やれよ！」と狡噛。

「今のが演技……ってことはなさそうだな」ルタガンダはハサミをバッグに戻した。

「男でも、乳首がなくなると楽しみが減る。俺の優しさに感謝しろ」

「……正規軍の手口じゃない。傭兵だな？」

逆に狡噛が訊ねた。ルタガンダが笑う。

「驚いたよ。噂に聞いてたゲリラの軍事顧問が、日本人だったと知った時は。あの国はシビュラとかいうまやかしで骨抜きにされた屑しかいないと思っていた」

「あそこに居場所がなくなったのは事実だ」

「プロの訓練を受けた後で、野に下ったか。だが傭兵としては三流だ。何よりも肝心な、雇い主を選ぶ目がない」

「貴様らのようなハイエナと一緒にするな。俺は血の臭いだけを嗅ぎ分けて生きてるわけじゃない」

「なるほど、もと刑事ならではの戯言だ。暴力の在り方に法だ正義だといったお題目を欲しがっている。国家が崩壊した世界では、『暴力の民間化』が行われる。なぜなら組織された暴力の独占こそが国家の本質だからだ。暴力が拡散すると、それは『政《イン》治以下的《フラポリティカル》』なものになる。社会的憤怒を源泉とした、経済活動としての組織暴力だ」

それを狡噛は鼻で笑う。

「『地に呪われたる者』、か。ポストコロニアルかぶれの傭兵とは始末が悪い」

「ほう？　腕だけでなく学もあるのか。ますます面白い」

やや感心した風に眉を上げるルタガンダ。

ルタガンダは狡噛の拘束を解いた。

えっ、と驚きの声をあげる傭兵団の面々。

ほかならぬ狡噛が一番驚いている。

――どういうつもりだ？

「聞けばお仲間のゲリラどもは随分とお前に心酔していたそうじゃないか。何か耳触りのいい思想でも吹き込んでやったのか？」

言いながら、ルタガンダが軽くボクシングのオーソドックスな構えをした。

そこで、ようやく狡噛も理解する。

もう少し狡噛の腕を試したくなった……そういうことだろう。

「……知らないね」

「ふぅん。だが何だろうな。たしかにお前と話していると、不思議と気分が高揚してくる。ワーグナーの曲でも聴いているみたいだ」

「そういう言葉はグラマーな美女の口から聞きたいね。男じゃ鳥肌が立つだけだ」

それを聞いて、ギャラリーのユーリャが私のことかな？　と首を傾げた。しかし狡噛はルタガンダに集中していて、美女は視界に入っていない。

「その才能は貴重だぞ、日本人。お前にはアジテイターの素質がある。怒りを煽り、憎しみに指向性を与えてやれる特別なカリスマ性だ」

ルタガンダの腕試しに、狡噛はのった。

拷問を受けて、コンディションは最悪に近い。腕を上げるだけで体の節々が痛む。それでも、かかってこいと態度で示されたらそうせずにはいられない。

狡噛は殴りかかった。痛みと体力低下のせいで、大振りになってしまう。ルタガンダに簡単にかわされて、反撃のジャブをもらう。

ルタガンダの左拳は生身だったが、それでも効いた。さらに二発、ルタガンダのジャブ。狡噛はかわせず、鋭く速いパンチをもらい続ける。

上手いボクシングだ――。絶好調時でも、ルタガンダに勝つのは大変だろう、と狡噛は考える。左のパンチだけで気絶しそうになる。

朦朧とする意識の中、狡噛はそれでも作戦を組み立てた。

――ルタガンダの右腕は、おそらく特殊合金製だ。

左は当然、オトリ。牽制。本命は右でくる。

狡噛はあえてジャブを食らう。

ふらつきながらも、あえて食らう。

そして、ルタガンダの右を待つ。

打撃音、痛み。裂ける頰の皮膚。切れた口の中でたっぷりと血の味。

やがて──待望の右がきた。

(──しめた!)

ルタガンダの右ストレートに、狡噛は左フックを合わせる。

クロスカウンター。

狡噛の顔面に鋼鉄の拳が突き刺さるが、こちらも強烈な一発をねじ込んだ。

「……!」

これに、傭兵たちが目を丸くした。ルタガンダが殴られる光景を見るのは、久しぶり──いや、傭兵団を結成して初めてのことだった。ウェバーは飲んでいた瓶ビールを落としかけて、慌てて途中でつかむ。

ダメージは、狡噛のほうが大きい。

膝が笑って、狡噛は倒れる。

しかし、ルタガンダの足元もふらついた。

一発で倒すことはできなかったが、今やれるだけのことはやった。

「いやいや、すげえ」

笑って、ルタガンダはベルトにさしこんでいた拳銃を抜いた。狡噛から奪ったリボルバー拳銃だ。その銃口を、倒れた狡噛に突きつける。

「俺たちはな、まぁささやかながら自前のコミュニティを運営してる。いずれは兵員を揃えて軍閥を組織したい。そうなったとき必要になるのは、当たり前の統率力だけじゃなく、群衆を熱狂させ、虜《とりこ》にする力だ」

ルタガンダは、突きつけた拳銃にウイスキーをかけた。銃身をつたって、アルコール度数の強い酒が狡噛に降りかかる。全身の傷に、それがしみた。神経が焼けるような痛みに、狡噛は思わず低くうめく。

「どうだ？　俺たちの仲間になる気はないか？　貴様のその才能を磨き上げ、存分に活用できる舞台を用意してやるぞ」

ルタガンダの提案に、傭兵たちがうろたえる。

「お、おい？　リーダー……」と、困惑の表情でババンギダ。

ルタガンダは部下の声を無視して、続けて言う。

「このままお前をクライアントに引き渡せば、どのみち命はない。生き残る選択肢を用意してやろうって言ってるんだぜ」

「……死んだ方がマシな選択肢なんて、有り難くもねぇよ」

ウイスキーに濡れた状態で、痛みに耐えながら、狡噛は強気に吐き捨てた。

ルタガンダがさらに何か言おうとしたところに、彼の携帯端末に着信。

『まだ生きてるか？　男のほうの標的は』

シャンバラフロートのニコラス・ウォンからだ。

「ああ。もう殺していいのか？」

『利用価値がある。こちらに連れてこい』

「……了解だ」

通話を切り、ルタガンダは狡噛に肩をすくめてみせる。

「考え直す時間を与えてやりたかったが。残念、間が悪かったな」

4

常守の客室で、呼び鈴が鳴った。今や国家憲兵隊によって軟禁状態である。この状況でインターホンを使うのはひとりしかいない。浴槽でノートパソコンを開いていた常守は、メイドのヨーを部屋に招き入れる。

「失礼いたします。お部屋に戻られたようなので……」

ヨーは、トレイ台車で食事を持ってきていた。鶏肉が入ったおかゆに、目玉焼き。スパイシーなサラダ。今すぐ全部食べてしまいたい誘惑に駆られるが、とりあえずグラスに注がれたミネラルウォーターをぐいっと飲むだけで我慢しておく。

常守は、ヨーに顔を近づけた。

「あの？」

「静かに」

常守は、ヨーの手をつかんでバスルームに引っ張りこんだ。そこで携帯端末をヨーの首輪に押し当てて、唐之杜から受け取ったコードを入力。ロックを解除し、外れた首輪が床に落ちた。

「こ、これは……」戸惑う、ヨー。

「落ち着いて、私の話を聞いて。あなたの協力が必要なの」

「……協力？」

「国家憲兵隊の悪行を暴く」

「……！」ヨーがはっと目を丸くした。

「大丈夫。もし憲兵隊の汚職を立証できなくても、あなたは私に脅されただけだと主張して。それなら罪に問われることはないわ」

「……本当に、憲兵隊が不正を？」

「間違いないわ。私のキャリアをまるごと賭け金に詰んでいいぐらい」

「でも……」

そのときだった。突然、常守の視界が揺れた。がくん、と膝が笑ってまともに立てなくなる。一服盛られたのだ。――いつ？　さっきのミネラルウォーター！　ヨーに裏切られた？　とにかく敵に先手を打たれた。やばいと思った次の瞬間、残った力を振り絞って浴室に置きっぱなしのノートパソコンを手繰り寄せて、ダンゴムシを自律制御に切り離し、全データ削除のコマンドを実行。あとのことは、唐之杜に任せた。

ヨーが、浴室から逃げ出した。

「ヨー……さん」

常守はふらつく足で追いかける。

ドアが開いて、ニコラスとその部下の兵士たちがずかずかと踏み込んできた。薬のせいで常守は抵抗することもできず、プラスチックのバンドで後ろ手に拘束されてしまう。

「くっ……！」

「言われたとおりにしました！」ヨーがニコラスにすがりついた。「これで本当に、兄の首輪も外してもらえるんですね⁉　兄はもう病気が進んでいて、高いレベルの医療が――」

「前向きに検討しよう」

ニコラスはヨーを突き放し、拳銃を抜いた。彼女の頭を無造作に撃ち抜く。

「そっちの女はまだ殺すな。例のゲリラの軍事顧問とセットで死に場所を用意する。それが一番怪しまれない」

「なんでヨーさんを殺したの……！」

かろうじて、常守の口は普段通り動いた。

「今使ったのは、君から没収した拳銃だ」と得意気にニコラスは言う。「常守朱監視官は、逃亡のためにメイドを射殺。外に飛び出して、ゲリラの幹部と合流しようとする。そこに我々が駆けつけて、監視官ともどもゲリラを射殺……と。以前は邪魔者はもっと簡単に処理できたんだが、シビュラシステムの手前、こっちも慎重にやる必要があってね……」

「やっぱりあなたたち、サイマティックスキャンを受けてないわね。この街のスキャナは誤魔化されてる」

「ほう？　確証があるのか？」

「たったいま人を殺しておいて！」

「シビュラシステムが四の五の言わなければ、どんな行為も犯罪ではない。そうなんだろう？」

「ッ！」

笑いながら、ニコラスはヨーの死体をつま先で小突く。

「つまりこの女も死んで当然のゴミだった。そういう結論で問題ない」

常守は、ヨーの死体に目をやる。美しい少女だったが、今は後頭部のほとんどが消失し、頭蓋骨にぽっかりと開いた大穴から脳みそのかけらがこぼれ出ている。——殺されるような人間ではなかったはずなのに。悔しさのあまり、常守は唇を噛んだ。

第九章

1

常守は拘束されたまま、最上層部空中庭園《クリタ・ユガ》の屋上《ヘリポート》に連行された。

「…………」

薬の効き目はすぐに薄れて、自分の足で歩けるようになっていたが、後ろ手に拘束されたうえ武装兵士に囲まれているのではどうにもならない。

屋上《ヘリポート》は、空中庭園展望台よりもさらに一段高い場所に位置している。

時はいつの間にか夜になっていた。

ヘリポートから見下ろすシャンバラフロートの夜景は、こんな状況でなければ壮大に思えたことだろう。

高い場所からは、迷路じみたスラム街もホタルの群れのように輝いて見える。海面が、冷たい月の光を受けて神秘的に揺らめいている。ここはシャンバラフロートという、人工楽園の頂点だった。風が強く、常守の短い髪や国家憲兵隊の制服が乾いた音を立てた。

ヘリポートにはすでに、デズモンド傭兵団が到着していた。

ユーリャとブンは通常装備だが、ババンギダとウェバーは、用心のためか強化外骨格を装着している。国家憲兵隊を完全には信用していない、というアピールなのだろう。

傭兵団と一緒に、狡噛慎也もいた。

ついさっきまで半裸で拷問されていた狡噛だが、今は捕虜ではなくゲリラ戦術顧問に見えるように戦闘服の上下を着せられている。服を着ていても、赤黒く腫れた顔を見ればどれほどひどい扱いを受けたかすぐにわかる。

「狡噛さん……」

狡噛の無残な姿に、常守は思わず弱々しい声を漏らした。

どうということはない、と言わんばかりに狡噛は肩をすくめる。

「拘束を解け」とニコラス。「ふたりがヘリを奪って逃亡、常守監視官もろとも墜落死……そういう筋書きだ」

ブンが狡噛の手錠を外した。

常守の拘束バンドも、憲兵隊兵士によって切断される。

そのままふたりは、軍用ヘリを背負う形で兵士たちに銃口を突きつけられる。

「二人殺すのにヘリ一機潰すとは勿体ない」

ルタガンダが言った。

「公安局監視官が引き起こした事故なら、日本に賠償請求できるさ」

くすくす笑いながらニコラスが答える。

常守はニコラスに怒りの眼差しを向け、

「これだけのことをして、隠し通せると思ってるの？　ハン議長にはどう説明するつもり？」

「議長？」ルタガンダが片眉をぴくりと動かした。

「日本政府だって黙ってない。より詳細な調査をするに決まってる」

こらえきれず、ルタガンダがふきだした。

「憐れな木っ端役人だな……！　自分のあるじが右手で何をしているか知らぬまま、左手でこき使われていたわけだ。なぁ……お嬢さん。俺たちが実は日本政府の意向で動いていると聞いたら、どうするね？」

「おいっ！」

口を滑らしたルタガンダに対してニコラスが怒声を放つ。

「だってそうだろう大佐？　あんたの依頼で俺たちが始末したハン議長、その影武者を用意したのは日本政府だそうじゃないか」

「余計なことを口にするな！」

「閻魔《えんま》様にでも告げ口されたらかなわない、ってか？」

ルタガンダの冗談に笑い出す傭兵たち。

そのとき、急速にヘリのローター音が頭上に近づいてきた。ルタガンダとニコラスは顔を見合わせる。互いに「お前が手配したヘリか？」と言いたげな目をして、互いに心当たりがない、と軽くかぶりを振る。

突如飛来したヘリの側面には──日本国、公安局のマークがあった。

「！」驚きのあまり棒立ちになる憲兵隊。

同軸反転方式のツインローター。公安局の武装大型輸送ヘリだ。

公安局ヘリのスライドドアが開いて、そこから宜野座伸元が身を乗り出す。

宜野座は、大容量バッテリーとロングバレル加速器によって長距離射撃が可能になった強襲型ドミネーターを構えている。

「公安局⁉」

宜野座のスコープがニコラスを捉えた。

『犯罪計数・オーバー340・執行対象です』

ホバリング中のヘリコプターという、不安定な場所からの長距離狙撃――。いくら曖昧な照準を補正してくれる広範囲攻撃のドミネーターとはいえ、エネルギーに指向性がある以上、銃口がぶれた状態で命中させるのは至難の業だ。しかし宜野座は、落ち着いていた。自分の体を――骨を、筋肉を――銃架のように固定して、落ち着いた表情で引き金を絞る。

スナイパータイプのエリミネーター・モードで、ニコラスの上半身が爆発した。肉と内臓がきれいに吹き飛んで、下半身の台に背骨の一部がのっていた。細かい血しぶきが雨のように降り注ぐ。散乱した内臓が湯気を立てている。

ここで、唐之杜によるハッキングも間に合った。ヘリポートに待機していた政府軍の二足歩行型対人戦闘ドローン――スカンダ――およそ二〇台を、すべて唐之杜が操作する。ドローンだけではない。シャンバラフロート上に存在する日本製のインフラすべてが、一時的に公安局の支配下に入る。ハッキングというよりは、バックドアを使ってコントロールを取り戻しただけだ。

2

『こちらは公安局刑事課です。現在、シビュラシステム条約に伴う治安活動を遂行中です。犯罪係数が規定値を超えた対象は警告なく排除される場合があります。抵抗の意志を捨て、落ち着いて、心理状態を安定させましょう』

国家憲兵隊のサイコ＝パスは不正に調整されていた。公安局による再スキャンによって、彼らの犯罪係数が更新されていく――ほとんどがアウト。エリミネーターが使用可能に。ドミネーターの数が足りないので、シビュラシステムからドローン使用の許可が出た。唐之杜はハッキングしたスカンダに、国家憲兵隊を攻撃させる。ミニガンで掃射し、ミサイルランチャーを撃ちこみ、近距離ではショットガンを使う。

ババンギダが、パワードスーツで反撃に出た。大口径機関砲を連射し、スカンダに穴をあけていく。流れ弾で国家憲兵隊の兵士がバラバラに砕け散って赤い雨を降らせるが、知ったことではない。

そのとき、宜野座の強襲型ドミネーターが変形した。

『対象の脅威判定を更新します・執行モード・デストロイ・デコンポーザー』

重武装の装甲目標を感知しての、デコンポーザー・モード。

宜野座が引き金を絞ると、一際激しい電光が明滅し、ババンギダのパワードスーツが丸くり貫かれた。上半身がごっそり綺麗に削られて、機関砲が停止する。

もう一台のパワードスーツ——ウェバーが誘導ミサイルで公安局ヘリを狙う。レーザーと画像認識の複合ロックオン。しかし、誘導ミサイルでの反撃は唐之杜の想定内だ。唐之杜はスカンダだけでなく、ジェット攻撃機型ドローン「マハーカーラ」のコントロールも奪い、操作していた。

対地戦闘用の知能化クラスター爆弾を投射する。

人工知能で制御されるミサイルケースが空中で破裂して、内蔵されていた数十発の単弾頭GPS誘導ロケットがばらまかれた。

誘導ロケットは、次々とウェバーのパワードスーツに突き刺さり、爆発する。

「くッ……」

狡噛を見張っていたブンが、浮き足立った。

その隙を見過ごさず、狡噛はブンの後頭部にハイキックを打ち込んだ。

「！」

不意打ちのタイミング。急所への強烈な蹴りで、マハーカーラの動きに気を取られていたブンは昏倒した。狡噛はブンが身につけていた拳銃とアサルトライフル、予備の弾倉を奪う。

即座に形勢不利と判断し、ヘリポートから逃げ出すルタガンダ。

それを狡噛が追いかける。

「狡噛さん！」

「あんたは議長を！」

狡噛が走り去り、一方ホバリング中のヘリコプターから、公安局刑事課一係がロープ降下を開始した。危なげなくヘリポートに着地する六合塚、須郷、雛河、霜月——そして宜野座。ワンタッチでハーネスごとロープを解除して、常守のもとに集合。宜野座は強襲型ドミネーターを、通常のモデルに持ち替えている。

「あ、あの……！」

雛河が、常守にドミネーターを差し出した。

「ありがとう」

それを受け取って、微笑む。

「い、いえ……」

「……ッ！」

——常守は、心のどこかで、昔の一係をベストメンバーだと考えていた。

いつだって、狡噛や征陸がいたときと比べていた気がする。

しかし今、それが間違いだと完全に理解できた。

こんな危険な場所に、みなで乗り込んできてくれた。

——なぜか？

もちろん、ここに「犯罪」があるからだ。

ライトスタッフ。狡噛が去ったあとも、宜野座、六合塚、唐之杜の三人は、常守朱の監視官としての仕事を支えてくれた。多少の入れ替わりがあったが、須郷と雛河もよく働いてくれる。敵意むき出しの、霜月の気持ちだって理解できる。方法論が違うだけで、犯罪を憎む気持ちは同じはずなのだ。

(こんなことを言うと、宜野座さんは怒るかもしれないけど)

——部下ではなく、仲間たち。

シビュラシステムは関係ない。

犯罪があって、刑事がいる。

罪と罰の終わりのない戦い。刑事になるというのは、そういうことだ。

3

『携帯型心理診断・鎮圧執行システム・ドミネーター・起動しました・ユーザー認

証・常守朱監視官』

「大丈夫ですか？　監視官」

心配そうに、六合塚が声をかけてきた。

「みんな、どうして……」

ヘリポートの国家憲兵隊は一掃された。生きのこったものは、屋内に逃げ込んだ。

「あなたのダンゴムシが集めたデータから唐之杜が突き止めた」宜野座が答える。

「この都市のスキャナは不正改造されている。ここは潜在犯の巣だ」

「どういうカラクリだったんですか？」

「もともとSEAUn軍が使用していた敵味方識別信号を、色相スキャナに仕込んであったんだ。友軍と判定された相手はスキャンの対象外になる。憲兵隊の連中はほぼ全員がこの手口でサイコ＝パスを偽装していた」

「そんな大胆な手口で、シビュラを誤魔化してたんですか？」

「誤魔化せるわけないでしょう。ただ黙認されてただけです」

霜月が、つっけんどんな口調で言った。

「シビュラの目的は最初から国家憲兵隊の一斉摘発……そこ察してたら、こんなに手間かからなかったでしょうに。回り道しすぎなんです。センパイは」

「どういう意味？」

「こんな連中の考えること、サイマティックスキャンで読み取るまでもありません。それでもSEAUnにシステム運用のためのインフラが整備できるまでは利用するしかなかった。シャンバラフロートが完成してしまえば、こいつらは用済みです。あとは悪巧みの証拠を掴んで潰すだけ。……逃亡執行官の追跡なんて、あなたを送り込むための口実ですよ」

常守はハッとした。

ルタガンダが得意げに言っていた裏事情——。

——お嬢さん。俺たちが実は日本政府の意向で動いていると聞いたら、どうするね？

——あんたの依頼で俺たちが始末したハン将軍、その影武者を用意したのは日本人だそうじゃないか。

「成しうる者が為すべきを為す。空気読めってことですよ。センパイ」

「…………」

霜月の言い方に常守は鼻白むが、今は事件が優先だ。

「霜月監視官は屋内に逃げ込んだ国家憲兵隊の摘発を。六合塚さん、須郷さん、雛河くんを連れていってください。私は議長の身柄を押さえます」

「ひ、ひとりで行くんですか……？　監視官……」

と、不安げな表情で雛河が訊いてきた。

「そのほうが都合がいいの」

「俺はどうする？」と、宜野座。

「……逃亡執行官の追跡を」

その一言で、宜野座は顔をしかめた。常守が何を言いたいのか、察したようだ。

「……了解」

4

ルタガンダが、クリタ・ユガ超高層タワーを降りて逃げていく。

狡噛はそれを追いかける。

通路の曲がり角で、国家憲兵隊の残党と遭遇した。相手の数は四人。距離が近く、銃器を使うヒマがなかった。狡噛は同士討ちを誘うために、敵の懐に飛び込んだ。

「……！」

接近戦。狡噛は、アサルトライフルの銃口で国家憲兵隊兵士の目のあたりを突いた。銃身は硬く作られているので、人間の顔を突いたくらいで歪んだりしない。突かれた兵士は、血を流してのけぞる。狡噛は素早くアサルトライフルを半回転させ、ストックの部分で別の敵をぶん殴った。頬骨を陥没させて吹っ飛ばす。

狡噛がふたり倒したのに、国家憲兵隊の兵士たちは味方の体が邪魔で銃が撃てず、ほとんど棒立ちのようになっていた。素早く接近戦・格闘戦に切り替えるべきだったが、最近ドローン頼りの戦闘を繰り返していたせいか勘が鈍っているようだ。狡噛は三人目を下段蹴りでひっくり返し、四人目の側頭部にハイキックを打ち込んだ。倒した敵の喉や後頭部を踏みつけて、とどめを刺す。

「……はあッ……！」

四人をあっという間に片付けたのはいいが……狡噛は全身の痛みにうめいた。ルタガンダたちに拷問されたダメージから、まだ回復していなかった。それどころか、派手に動くと関節や筋肉が悲鳴をあげる。体のほうは、狡噛にじっとしていてほしいらしい。

「くそ……！」

ふらつく足取りで、それでも狡噛はルタガンダを追った。しかし、屋内庭園に差し掛かったところでとうとう立っていられなくなる。何かをつかもうとした手が空を切って、狡噛は仰向けに倒れた。

天井を見上げると、カトリック教会風のステンドグラスがホログラムで再現されていた。信者向けの施設なのだろう。それとも、デザイナーの個人的な趣味なのか……

そのどちらかはわからない。精密な、神様のパズルのように美しいホログラム。誕生、復活、三位一体。奇跡の瞬間が、鮮やかに描写されている。

気がつくと狡噛の傍らに、槙島の幻影が佇んでいる。

「遊んでいる場合じゃあるまいに。君だってさっさとこの場を退散しないと危ういぞ」

「……うるせぇよ」

コツコツと槙島の足音が響く。そのリアルさに、狡噛は苦虫を嚙み潰したような顔になる。

「それとも、逃げる獲物を前にしては追いかけなくては気が済まないのかい？」と、槙島は大げさに肩をすくめた。「やれやれ、君という奴は、つくづく性根から猟犬なのか」

「いずれ新しい軍閥を作ろうなんてほざいてる野郎を、野放しにしておけるか」

「あんな戯言を真に受けてどうする？　そもそも君が手を下さずとも、遠からず破滅する男だろうに」槙島は続けて言う。「……何が君をそこまで駆り立てる？　正義感？　違うよな。あんな男は、この世界にごまんといる悪党の一人でしかない。奴一人を仕留めたところで何一つ変わらない。それでも、君は命を賭けてまで奴を追う。その執念は何なんだ？」

「……死人は……もう、黙ってろ……！」

力が湧いてきた。
狡噛は立ち上がり、槙島の幻影を通り抜ける。
——その執念は何なんだ？
——俺だってそれが知りたいよ。
——こんな狂った世界で苦しみながら生きていく価値があるのか？
——俺にはわからない。
——自分がなにを知りたいのかすらも、わかっていない。
——だが。
——今は少なくとも、すぐ近くに倒すべき敵がいる。
——俺は、本当は悪い奴が好きなのかもしれない。
——悪い、ってのはわかりやすいから。

エレベーターホールで、ルタガンダに追いついた。

先行するルタガンダが振り向いて、アサルトライフルを撃ってくる。

狡噛は咄嗟に伏せながら、撃ち返す。

銃弾が交錯し、大量の火花が爆《は》ぜた。

狡噛の撃った弾丸の一発が、ルタガンダのすぐ横の壁に備えてあった消火器のボンベを撃ち抜く。

破裂して飛び散った消化剤をもろに浴び、さすがのルタガンダも怯んだ。

ここで、狡噛のアサルトライフルの弾倉がカラになる。

一瞬で判断せねばならない――。アサルトライフルの弾倉を交換するのか、それともベルトにさしこんでおいた拳銃を抜いて撃つべきか。一秒もかけずに結論を出す――拳銃を抜く方が、早い。

狡噛はアサルトライフルを捨て、拳銃を両手で構えて、連射した。頭部に着弾を集めるように狙う。

「ぬッ！」

しかしルタガンダは、特殊合金製の右腕で自分の頭を守っていた。

ルタガンダは義肢で守りを固めつつ、凄まじい勢いで狡噛に突っ込んでくる。

拳銃も弾切れになった。狡噛は格闘戦を覚悟して拳銃を捨てる。

ルタガンダは狡噛に鋭いタックル。

「く！」

狡噛は床に押し倒される。

ルタガンダは、そのまま寝技に持ち込もうとしてくる。

「……このッ！」

マウントポジションをとられる寸前で、狡噛はルタガンダを蹴って間合いをとった。

体全体をバネのように動かして一瞬で立ち上がり、シラットベースの軍隊格闘術の構えをとる。

「お前は刑事じゃないな」ルタガンダが言った。

「元刑事だ」狡噛が答える。

ルタガンダは満面に笑みを浮かべて、言う。

「そういう意味じゃない……生まれつき何か違うってことだよ」

5

霜月監視官は須郷、雛河、六合塚という三人の執行官を率いて、国家憲兵隊の宿舎に突入した。ヘリポートでの戦いで、「犯罪」に関わっていた国家憲兵隊のほとんどは処分されるか拘束された。しかし、それほど数は多くないが、宿舎内の監視カメラが少ない場所に数人が逃げ込んだと報告があった。報告してきたのは、システムの掌握に成功した唐之杜。宿舎内は天井が低く、軍事用ドローンでの探索は難しい。いつものように公安局の巡査ドローンを四台引き連れて、霜月たちは宿舎に足を踏み入れる。先行し、盾のかわりを務めるのはもちろん巡査ドローンだ。

（落ち着いて考えてみれば、どうして常守監視官は宜野座執行官に単独行動を許したのだろう？）

霜月は、ふとそんな疑問を胸に抱いた。

事件捜査中だ。それも「犯罪者」との戦闘行動となれば、執行官が監視官から独立して動くことも許可される。しかしそれは、極めて短時間に限られている。常守は、宜野座に無制限の自由を与えたがっているように見えた。ただ、宜野座を「ある人物」と会わせたいがためだけに……。

――狡噛慎也とは何者なんだ！

霜月は、思わずそう口に出しそうになった。

狡噛慎也――槙島事件――常守朱――シビュラシステム。

ひとりの犯罪者が死に、ひとりの刑事が姿を消し、ひとりの監視官が残った。

霜月は、世界が常守朱を中心に回っているように感じる――イライラする。

国家憲兵隊宿舎の広い通路。そのT字路に差し掛かったところで、待ち伏せにあう。二人の傭兵が、曲がり角でステルスシートをかぶって伏せていたのだ。一人は、ロシア人女性のユーリャ、もう一人はフランス人のウェバー。ウェバーは爆発で死んだかに見えたが、パワードスーツを捨てて、ここまで逃げ延びていたのだ。

ユーリャの武器は両手に構えた二本のナイフ。そして、サソリの尾を思わせる脳波制御のアンテナ。ウェバーはパワードスーツのかわりに、コンパクトな強化外骨格で身を包んでいた。その強化外骨格は鉄骨を組み合わせたようなデザインのスーツで、電磁モータ、人工筋肉、油圧サスペンションによって、装着者に怪力と高い機動性をもたらす。

ユーリャとウェバーは、どちらも銃器を持っていなかった。公安局は多数のドローンを従え、すでに軍用機も支配下におさめている。遠距離で戦えば不利になるのがわかっていたので、傭兵たちは最初から格闘戦に持ち込むと決めていた。

宿舎のT字路で、まずユーリャが仕掛けた。ユーリャのアンテナは、情報収集のセンサーであり、彼女の意のままに動く強力な武器でもある。尖った先端を持つアンテナが、いきなり巡査ドローンの中心を打ち抜いた。火花を噴いて、一台が吹っ飛ぶ。

強化外骨格をまとったウェバーが、また別の巡査ドローンをぶん殴った。そのドローンは壁に叩きつけられて、そのまま動かなくなる。

「くっ！」

須郷をはじめ、執行官たちがユーリャとウェバーにドミネーターの銃口を向けようとした。が、それより早くウェバーが強化外骨格の怪力で、さっき破壊した巡査ドローンを蹴った。須郷がそれを避けると、後ろにいた雛河が下敷きになった。

「！」

ユーリャは、アンテナで三台目の巡査ドローンを破壊し、貫いたまま自分の前に持ってきて盾にした。巡査ドローンに遮られて、ドミネーターの処理が遅れる。その隙にユーリャは霜月の懐に飛び込んで、ナイフを突き出す。

「——え？」

殺される——霜月はそう思った。

なんだこれ。

わざわざこんな暑い国に、いけ好かない先輩を助けにきて、あっさり死んじゃうのか。あまりといえばあんまりじゃないか。こんなところで死ぬために、今まで生きてきたんじゃない。ねぇ、加賀美《かがみ》。わたし——。

ドスッ！　と鈍い音がした。

しかしそれは霜月の頭部が貫かれた音ではなく、六合塚が左腕でナイフを受けた音だった。六合塚はとっさに上着を脱いで左腕に巻きつけ、それからユーリャのナイフに叩きつけたのだ。

「六合塚さん！」

「……！」

もちろん、上着を巻いたくらいではナイフの刃を完全に防ぐことはできない。六合塚の皮膚が裂けて、血が滴り落ちた。

ユーリャは素早く、反対側の手に持ったナイフを振るう。六合塚はそれをドミネーターで受けた。鋭いナイフが、バレルに食い込んで電光を散らす。――六合塚のドミネーターが損傷！　使用不能に。

「キサマッ！」

霜月がドミネーターを構える。

ユーリャは身を低くして霜月に再接近。

「ふっ！」

強烈な回し蹴りで霜月を吹っ飛ばす。

これで、雛河と霜月がダウン。

死んではいないが、しばらく戦線に復帰できそうにない。

ウェバーは、最後の巡査ドローンを持ち上げて、須郷に投げつけた。

須郷がそれをかわすと、いつの間にかウェバーが目の前にきている。

「ふんッ！」

ウェバーが振りかぶって手刀を繰り出した。

須郷はそれを、ドミネーターを持った右手で受け止める。須郷のミス。強化外骨格で包まれた手刀は、想像していたより何倍も重かった。骨が折れるかのような衝撃で、須郷はドミネーターを取り落としてしまう。落ちたドミネーターを、ウェバーが素早く踏み潰す。

須郷は飛び退いて間合いをとった。

「六合塚さん」と、須郷が話しかける。

「……はい？」

「あの女傭兵を相手に時間を稼げますか」

「かなり手強い相手よ。一分が限界」

「一分あれば十分です。よろしくお願いします」

「……わかった」

須郷は、ウェバーに飛びかかった。

そして、六合塚はユーリャに。

六合塚は壊れたドミネーターをひっくり返して逆に握った。つまり銃身の部分を握り、グリップの部分でハンマーのように殴る構えだ。即席の棍棒としてドミネーターを振るい、ユーリャのナイフに対抗する。

しかし、ユーリャのナイフは二本。触手のように動くアンテナまである。すぐに、六合塚は防戦一方となる。

六合塚は昔からスポーツが得意だったが、何かのプロだったわけではない。公安局に入ってから逮捕術も護身術もみっちり訓練したが、狡噛や須郷に比べると数段格闘能力が落ちるのを認めないわけにはいかない。

逆持ちのドミネーターと、上着を巻いた左腕を駆使して、須郷と約束した通りただただ必死に時間を稼ぐ。

須郷は、ウェバーに向かっていく。ウェバーは余裕の表情だ。強化外骨格を身につけた状態で、普通の人間に殴り負けるわけがない、という顔。その気持ちは、須郷にもよく理解できる。

ウェバーの強化外骨格は、関節の自由度と機動性を重視したために、装甲のたぐいはほとんどついていなかった。ウェバーの後頭部は鉄骨で守られているが、顔の正面には何もない。顔面に打撃を叩き込むことが可能なら、殺せる——。

須郷は、鉄骨に守られていない脇腹のポイントを突いて左フックを打った。

ウェバーはその左フックを右手で払いのけて、左ストレートを返す。

「！」

須郷はダッキング。上体を屈めてパンチをかわす。かわしながら、須郷の右アッパー。ダッキングの勢いを利用して、体重がのっている。ところが、ウェバーが一歩踏み込んできたために打点がずれた。須郷の拳は、強化外骨格の胸部に当たる。合金を強打したせいで、逆に須郷のほうが拳を痛めてしまう。

「くっ……！」

「バァカめ」

ウェバーは自分の勝利を確信した。

須郷は、丁字路の壁際に追い詰められる。

ウェバーは、動きの鈍った須郷の頭部を狙って渾身の右ストレートを放った。

その瞬間、須郷の目がぎらりと輝く。

拳を痛めたのは事実だが、壁際に追い詰められたのは演技だった。弱ったフリをして、ウェバーを誘ったのだ。案の定、敵のパンチはずいぶん大振りだった。

須郷が素早く腰を落とす。

ウェバーのパンチは、須郷の頭上を通過して壁に深くめり込んだ。

「なっ……！」

強化外骨格の怪力が仇になった。ウェバーの拳が壁に深く突き刺さり、一瞬だが動きが完全に止まってしまう。

須郷は、ウェバーが砕いた壁の破片を手にとった。その破片は、刃物のように一部分が尖っている。迷いなく、それをウェバーの首に突き刺す。一度では不安だったので、念の為に連続で刺す。首を二回、胸を二回、とどめを眉間に。

「あ……」

大量に血を噴いて立ったまま絶命したウェバーをつかんで、須郷はユーリャのほうに放り投げた。六合塚を追い詰めていたユーリャが、仲間の死体をぶつけられてバランスを崩す。

その隙に――

「六合塚さん……！」

ようやく蹴られたダメージから回復した霜月が、ドミネーターの銃口をユーリャに向けた。エリミネーターが起動。引き金を絞る。

電気仕掛けの銃声が響いたあと、ユーリャの体が爆散した。

ようやく宿舎の戦闘が一段落して、須郷は巡査ドローンの下敷きになった雛河を助けに行った。重い障害物と化したドローンを、須郷が（拳の痛みを我慢しつつ）持ち上げて脇にどかす。胸が圧迫されて呼吸が止まりかけていた雛河は、解放されてゼエゼエと荒い息をついた。

「あ、ありがとうございます……」

須郷は静かに微笑んで、

「もう少し、鍛えたほうがいいですよ」

「アッハイ……！」

雛河はなんだか恥ずかしくなって、顔を赤くしてうつむいた。

立ち上がった霜月は、六合塚に駆け寄る。

「あの……！」

六合塚の左腕は、上着を巻いていたとはいえ傷だらけになっていた。布地にたっぷりと血が染みこんで、血の滴が垂れている。

「処置します」

霜月は、破壊された巡査ドローンの道具スペースを開けて、中から応急処置キットを取り出した。

「監視官にそんなことをさせるわけには……」

「いえ、いいんです……やらせてください」

「………」

「わたしなんかを、かばってくれるなんて……」

霜月は、六合塚の左腕上部にまず止血帯を巻いた。空気圧でワンタッチ調整できるタイプのものだ。それから消毒液で表面を洗い流してから、多糖類キトサンと線維状タンパク質の混合包帯をはりつける。この包帯は抗菌性で、様々な感染症を防ぐ薬品が塗ってある。

応急処置しながら、霜月は涙が出そうだった。

――このひとは、どうして潜在犯なのだろう？

――放っておいたら、どんな犯罪をするというのだろう？

6

常守は、議長官邸に足を踏み入れた。

まっすぐ議長執務室に向かう。

通路に兵士の姿は一切なく、不気味なほど静かだ。

執務室はホール状になっていて、会議室のように広い。中央には、大型のホログラムモニタが設置されている。

その盤状モニタには、シャンバラフロートとその周囲の再開発計画が表示されていた。精巧なホログラムなので、ミニチュアで組まれた都市風景セットのような実在感がある。光り輝く威容のシャンバラフロートと、それを取り巻く超高層ビル群。ハン議長の計画だと、貧民街はなくなってしまうようだ。

ハン議長が一番奥のデスクについている。落ち着き払った居住まいだ。ホログラムの都市風景を挟んで向かい合い、常守はドミネーターを構える。

だが――。

犯罪係数、ゼロ。

「……免罪体質。やっぱりね」

そう言って、常守は銃口を下ろした。

「気付いていたのかね？」と、ハン議長は立ち上がる。

「あなたが影武者だと暴露した男がいる」と、常守は思わず苦笑いをこぼした。「でも彼も知らなかったでしょうね。日本の省庁はとっくに影武者だらけだってこと」

「ああ……ニコラス大佐も私のことは、ただ整形手術を受けただけの人間、として理解していた」

ハンは自分の頭蓋をこつこつと叩きながら、

「実際、今の私は彼と会ってまだ二日しか経ってないんだがね。実は私も君と同じ飛行機でSEAUn入りしたんだよ。海を跨ぐと義体のローテーションも一苦労だ」

「結局、霜月さんの読み通り……すべてあなたたちの筋書き通り、ってわけね。シビュラシステム」

にんまりと笑うハン議長――作り物の体。

本物のハン議長はどこにもいない。これが、シビュラシステムのやり方だ。

そして常守の手にしたドミネーターが、勝手に音声を発し始める。

『ニコラス大佐は、上官であるハン将軍の反対を押し切ってでもシャンバラフロートの建設を推進する意図でした。その対価として提供される日本の無人化兵器群が、SEAUn全域を制圧する切り札になり得たからです。そして我々にとっても外地におけるシビュラシステム運用のモデル都市は魅力的でした。両者にとって必要だったのは、プロジェクトにGOサインを出す協力的な議長を擁立することでした』

「国家憲兵隊は片付けたいが、それが日本の侵略行為に見えたらまずい……」と常守。

ハン議長はうなずき、

「そういうことだ。SEAUnで終わりではない。シビュラシステム傘下の国家をもっと増やしていかないといけないのに、妙な噂を立てられるとまずい。そこで、国際捜査中の刑事が不正を発見。隠蔽しようとした国家憲兵隊が、なし崩し的にクーデターを画策……それを政府軍と公安局が共同で鎮圧したという『流れ』なら、シビュラシステムの国際的イメージ悪化は微々たるものですむ」

「他国への内政干渉。本物のハン議長の暗殺を共謀。これは明確な犯罪行為よ」

常守は突きつけるように、鋭く言った。

『この国に「内政」と呼びうる体制は実体として存在していません。汚職、差別、宗教的民族的な対立……二年前の時点で既に、SEAUnは連合国家の体裁を喪失していました』

「シビュラシステムの支配地域を広げたかっただけでしょう！」

『「我々」に、そのような単純な領土拡大欲は存在しません。「最大多数の最大幸福」……つまりは、どこまでを「最大」と考えるかです。あなたは我々の計画を犯罪行為と判定した。だが犯罪とは法の逸脱です。そして現時点において地球上で法律として機能しうる制度は、シビュラシステムただひとつしかありません』

「機能が法のすべてじゃない。法は民衆の支持なくしては成立しないわ。あなた達はこの国を支配する上で、国民の承諾を得ていない。独裁者を騙して言いくるめただけよ」

『虐殺されるか餓死するしかない国民に、平和と安息をもたらすためには、可及的速やかな処置が必要でした。その効率的最適解を、我々は選択しただけです』

常守は、ドミネーターをホルスターに突っ込んだ。

「辞任しなさい、ハン議長。そして公平な選挙で新しい元首を選ぶのよ。シビュラシステムの導入の可否を、国民の総意として決めるために」

「……この国の民衆が、我々を拒むというのか？」

ハン議長は大げさに肩をすくめてみせた。

それから背後の窓の外、光り輝く眼下の夜景を指し示し、

「ひとたび手にしたこの安息、この輝ける希望の街を、人々が自ら捨て去るとでも？」

「…………」

常守は両目に力のこもった強い表情で、前に進み始めた。

ホログラムの都市風景に足を踏み入れる。

「……何が守るに値するのか、彼らは自分で決めなくてはならない。ただ従うのではなく、守り通すものとして、法律を受け止めるために」

ハン議長は興味深そうに目を細めた。

「結果の見え透いた茶番のために、そこまで強硬に主張する君の意志は、私には理解しかねるが……そんな君だからこそ『我らが総意』が興味をそそられているのかもしれないね」

シャンバラフロートのホログラムが、常守の体に干渉されて崩れていく。

「これは取引よ。民主的な選挙をするなら、今回の件は公表しない。私が見てきたものはすべて、暗号化されてアーカイブ化されている。私の身になにかあったら、それを全世界にばらまく用意ができている」

「ハッタリかな？」

「私は『知りすぎた女』よ。それくらいの用心は自然じゃない？

さあ、お得意の計算をしてみなさいよ。

私の暴露が『あなたたち』の世界戦略に与えるダメージを。

取引に応じたときのメリット・デメリットを。

私を生かすべきか殺すべきか、そのメリット・デメリットを」

「…………」

ホログラムモニタの上を歩いて、常守はハン議長の間近に迫った。

「社会の形を選び、認める。その権利のために、人間は血の滲むような努力をしてきた。歴史には敬意を払いなさい」

7

ルタガンダがエレベーターに乗り込んで、逃げた。狡噛は追う。キツネ狩りに駆り出された猟犬のように、夢中になってルタガンダを追いかける。

そのエレベーターは、軍用ドローンの運搬にも使われている。サッカーグラウンドほどの広さ。シャンバラフロートの中心部、都市タワーを急下降していく。

ルタガンダは、レッグホルスターからリボルバー拳銃を抜いた。それはもともと、狡噛の拳銃だ。狡噛を捕虜にして私物を没収した際に、ルタガンダが気に入って自分のサイドアームに選んだのだ。

撃たせるか！

狡噛は蹴った。槍で突くような前蹴りで、ルタガンダの拳銃を弾き飛ばす。ニヤリと笑うルタガンダ。この野郎、と狡噛は足を戻すなり左フック。

ルタガンダは、狡噛のフックを右の義腕で受け止めた。びくともしない――どころか、狡噛は自分の拳が逆に砕け散るかと思った。

ただの打撃ではジリ貧だ――。

狡噛はすぐに作戦を切り替えた。ルタガンダの手首をつかんで、立ったまま関節を極めにいく。ルタガンダはそれを力任せに振り解き、鉄の拳で殴る。

「！」

ルタガンダのパンチは――特に右は――殺人的な威力だ。狡噛は左の前腕を押し付けるようにして、危ないところでパンチを受け流す。

間を置かず、ルタガンダは左のジャブ。これは、避けられない。パンパンッ！と割れるような打撃音が響いて、狡噛の脳が揺れる。痛みと衝撃で、目の前で閃光が弾けた感覚を味わう。口の中が切れて、また血の味。

どうしてこんなに楽しいんだろうな、とルタガンダは思った。

どうして俺はここまでこの男にこだわるんだろうな、と狡噛は思った。
いや、違う。狡噛はルタガンダにこだわっているのではない。
ルタガンダを殺さないと、自分が自分でいられなくなるから。
――なんてこった、俺は本当に自己中心的な男だ。

殴られっぱなしはまずい。狡噛は右の裏拳をルタガンダの顔面に打ち込んだ。これは、威力よりも速度を重視した一撃だ。ダメージにならなくていい。目くらましの一撃。バチッと裏拳が命中して、一瞬ルタガンダの動きが鈍る。
狡噛はすかさず左のボディブロー。戦闘服の隙間を狙い、肋骨を折りにいく。ズドン、と打撃音がしたが手応えはあまりない。左の反動を利用して体をねじり、狡噛はさらに右のストレート。鍛えていない人間なら、狡噛のストレートで即死する可能性もある。
狡噛の拳を、ルタガンダが左前腕で打ち弾いた。
狡噛は踏み込んで、しつこく肘打ち。
ルタガンダの胸に右肘、左肘と打ち込んでいく。
「ふっ！」
狡噛は急激に回転し、ひときわ強烈な右肘打ちでルタガンダの眉間を狙う。
「調子に乗るなッ！」
ルタガンダが右の前蹴りを放った。
狡噛は二メートルほど吹き飛ばされる。
そして、ルタガンダが追い打ちの左下段回し蹴り。
ルタガンダの左足は、特殊合金製でパワーアシスト機能つきだ。
避けるのは——間に合わない！
狡噛は仕方なく、ルタガンダの左下段蹴りをすねで受け流そうとした。
しかし——
「ぐッ！」
ルタガンダの蹴りが強すぎて、狡噛はひっくり返された。
床で背中を強打し、慌てて立ち上がろうとするが足に力が入らない。

――しまった！

「よくやったほうだぞ、日本人！」

ルタガンダは、狡噛の頭を左足で踏み潰しにいく。

その時だった。

隣を上下する作業用のエレベーターから、一人の男が飛び移ってきた。その男はドミネーターの銃口をルタガンダに向けている。

公安局の執行官――宜野座だ。

「……！」

意外だった。ルタガンダだけでなく、狡噛も驚いた。

今までの偽装は、すでに唐之杜によって暴かれている。ルタガンダの正確な犯罪係数が測定されて、エリミネーターが起動。たとえ体の大部分を機械化していても、ドミネーターからは逃れられない。

宜野座はエリミネーターの引き金を絞った。

が――ルタガンダは姿を消していた。

「な！」

無論、本当に消えたのではない。ルタガンダは機械の左足を使って大ジャンプしたのだ。天井すれすれまで飛んで、一気に一〇メートル近くを移動。一瞬で、宜野座の側面に回り込む。そのジャンプは、左足に負担がかかりすぎるために、よほどのことがない限り使わない緊急回避手段だった。

ルタガンダは、右拳を鉄槌のようにドミネーターに叩きつけた。電光が飛び散ってドミネーターは破損し、床に落ちる。

「なんなんだお前！」

お楽しみを邪魔されて、ルタガンダは激高し、宜野座に右のハイキック。宜野座はこれを腕でブロックしたが、威力が強すぎて吹っ飛んでしまう。ところが、ルタガンダはさっきの大ジャンプで機械の左足に不調をきたしていた。関節部分が微かに緩んで、バランスを崩す。

「……！」

そこに、狡噛が飛びかかった。チャンスは逃さない。

ルタガンダの右腕をつかんで、引っ張りながらジャンプする。足を引っかけて、自分の体重とジャンプの勢いを利用して床に倒す。

狡噛は鋼鉄の腕を両足で挟んだ。飛びつき腕ひしぎ十字固めだ。

自分の体を密着させて、ルタガンダの関節を固定し、逆側に極める。

狡噛は、鍛えぬかれた背筋力をフルに使った。

「ふッ！」

力を込めて、ルタガンダの関節を破壊する。

細かい破片が飛び散って、合金製の右腕が肘からもげた。

すかさず、宜野座がルタガンダを膝で床に押さえつけ、左腕の関節をとった。

「終わりだ……！」

宜野座が言った。

そのとき、狡噛と宜野座の目が合った。

「…………」久しぶりの再会がこんな形になろうとは、誰に予想ができたろうか。ふたりとも、時間的には短いが、そのぶん密度が濃い激しい戦闘に身を投じていたため、荒い息をついていた。狡噛が日本を離れる前、最後に見た宜野座は、父親——征陸智己——の死体を前にして崩壊する寸前に見えた。海外脱出の際に、あの顔が心残りにならなかったといえば嘘になる。元気そうでよかった。それが、狡噛の率直な気持ちだった。

それに対して宜野座は、狡噛を見て目つきを険しくした。

——狡噛。お前のせいで公安局がここまで引っ張りだされたようなものなんだぞ？　どれだけ人に迷惑をかければ気がすむんだ？　いつだってお前はそうだった。自分一人でなんでもできるような顔をしておきながら、結果的に他人を巻き込んで必ず何かを破綻させる。それでいて、何か重大事があったらいつの間にかその中心に居座っている。

そこで、ルタガンダが不敵な笑みを浮かべた。

――おいおい、そこの日本人ども。俺たちは殺し合いの真っ最中じゃないのか？　勝手に妙な雰囲気作ってんじゃねぇ。

俺も交ぜろよ。最後の花火に付き合ってもらおうか――。

「ッ！」

ルタガンダの笑みに嫌な予感がした狡噛は、慌てて彼の頭部を両手でつかんだ。顔面が一八〇度反対側を向くように、一気にひねる。

ゴギッ、と鈍い音がした。

ルタガンダの瞳から、ようやく命の火が消える。

しかしほっと一息つく前に、宜野座はルタガンダから急いで離れた。ルタガンダが着込んだ戦闘服の内側から、電子音のようなものが聞こえたからだ。もし電子音だったなら、この状況でそれが響く理由はひとつしかない。

――自爆だ。

次の瞬間、狡噛もそれに気づいて後方に転がった。

ルタガンダは、自分が死んだら体を残さないつもりだった。戦闘時に携行している破壊工作用の爆薬は、ルタガンダの心臓が停止すると同時に自爆用に変わる。手榴弾数個分の爆発が生じ、爆風と肉片が放射状に拡散する――。

下降するエレベーターが轟音と爆煙に包まれた。ルタガンダは肉と骨のかけらに姿を変えていた。バラバラの新鮮な臓物が、湯気と死臭を同時に立てていた。首がちぎれて、彼の生首がごろんと転がる。機械の部品だけは、ほとんどそのまま残っている。

「ふぅ……」

後頭部に右腕を当てて、左腕で床を叩き、飛び退きつつ狡噛は見事な受け身をとった。

ゆっくりと顔を上げると、白煙が晴れてきて――。

「……！」

狡噛のすぐ近くに、宜野座が立っていることがわかった。

宜野座は、リボルバー拳銃を狡噛に向けて構えている。

もとはといえば、宜野座の父親――征陸智己のセーフハウスにあった拳銃だ。それを狡噛が譲り受け槙島を殺し、ルタガンダに奪われて、息子である宜野座伸元の手に握られている。

こういう運命なのかもしれない、と狡噛は思った。この拳銃は、征陸が用意したそのときから、宜野座の手によって狡噛に突きつけられるために存在していたのかもしれない。こうして思い返してみると、学生時代すでに知り合っていたというのも皮肉な話だ。

狡噛は静かな表情で考える。

――潜在犯になったんだってな、ギノ。

――シビュラシステムは、お前がどんな犯罪を起こすと判定したんだろうな。

ただな。

俺には、お前が俺を殺す場面がどうにも想像できないんだよ。

狡噛慎也は逃亡執行官だ。

これを見逃せば、宜野座の色相、犯罪係数はますます悪化するはずだ。シビュラシステムとはそういうものだ。

公安局刑事課の汚点、常守朱と宜野座伸元の心の傷――。

しかし宜野座はしばし悩んだ末、銃を逆さに持ち直し、狡噛に差し出す。

狡噛は少し驚いたが、なんとなく撃たれはしないだろうという予感はあった。

「もし槙島聖護が死んでなかったら、俺は以前のお前のように、復讐に取り憑かれておかしくなっていただろう。……奴を殺してくれたお前には、借りがある」

「ギノ……」

「だがな、常守監視官は俺ほど甘くない。殺人を犯した貴様を、彼女は決して許さないだろう。二度と俺たちの前に姿を現すな。あの人に余計な重荷を背負わせるんじゃない」

狡噛は、差し出された銃を受け取った。

――常守が俺を撃つ？

色々言いたいことはあるが、今は胸のうちにしまっておく。

それより引っかかるのは、「二度と俺たちの前に」という言葉だ。

「……お前はそれでいいのか？　ギノ」

宜野座は、薄く笑って目を逸らし、

「俺は妥協をおぼえた」

そう言ってから急に狡噛に向き直り、頬に右の拳を叩き込む。

「これで良しとしておく」

この行動は予想外だ。

さすがに避けられなかったし、仮にわかっていたとしても避けなかっただろう。

狡噛は吹き飛んだが、これが左の義手によるパンチだったら大変なことになっていた。宜野座なりの手加減なのかもしれない。

どのみち、強烈なパンチを食らった事実に変わりはなかった。

宜野座は強くなった。それは純粋に、狡噛も嬉しい。

「………」

宜野座はそのまま、振り向きもせずに立ち去っていく。

殴られた狡噛は、天井を見上げたまま寂しげな苦笑いを浮かべる。

エピローグ

1

シャンバラフロートの朝――。昨夜の殺戮が夢の中の出来事だったかのように、透き通った空と爽快な朝陽だった。動乱の一夜が明け、戦場となった議長官邸では、SEAUnのスタッフが事後処理に奔走している。彼らの邪魔にならないよう、常守は中庭の階段に腰かけて一休み。携帯端末でSEAUnの公式放送を見ている。そこには、臨時番組で演台に立ったハン議長の姿があった。

『昨夜発覚した憲兵隊長官ニコラス大佐によるクーデター謀議は、現政権におけるリーダーシップの在り方を深く憂慮させるものであり、この責任を深刻に受け止めた結果、私チュアン・ハンはここに辞任の意志を表明するものであります』

ハン議長は――シビュラシステムは――常守の要求を飲んだわけだ。

『私の辞任にともない、SEAUn全域で自由選挙を行います。選挙権は一八歳以上の男女すべてにあり、所属している勢力や組織も関係ありません。新議長とともに、新議会の構成員も選定する予定です』

常守のハッタリも多少は効果があったのかもしれないが、ハン議長が自由選挙に踏み切った理由は別にある。彼らはシビュラシステム内でSEAUn自由選挙をシミュレートしてみて、おそらく「内戦を終息させるのに悪くない手だ」と結論を出した。あれほど高機能なシステムがその可能性を失念していたというのも間の抜けた話だが、感情や名誉を介さない判断は意外なほど多くの要素を取りこぼす。

効率だけで考えれば、ドローン軍によるゲリラ殲滅はローコストハイリターンな手段だ。しかしそれは、狡噛慎也という不確定要素の出現によってあっさりバランスが変わってしまった。彼はカオスの乱数なのだ。シビュラシステムはまだ未完成であり、シビュラシステムはそのことを自覚している。だからこそ、システムは常守を泳がせている。

同じ放送を、狡噛は車載ラジオで聞いていた。拷問やらルタガンダとの戦闘やら宜野座からの一発やらでケガだらけの狡噛は、仲間のゲリラが運転する車の後部座席で寝転んでいた。運転するゲリラ兵士の隣には、その幼い息子が座っている。

「これって、どういうことなんだい？」

息子の問いに、狡噛が答える。

「もう銃を撃たなくてもよくなるかもしれない、ってことさ」

そう言ってから、狡噛は思わず笑ってしまった。ハン議長を辞任させるなんて、常守朱のしわざに決まっている。どんな方法を使ったのかは想像もつかないが、彼女にはそういう力があるのだ。不可能を可能にする力が――。

「やってくれるぜ、まったく……」

2

放送が終わり、常守は端末の映像を切った。

その隣に、宜野座が近づいてくる。

「……ハンに何を吹き込んだんだ？」

「別に。最善の判断を求めただけです」

常守は、心に壁を築きながら言った。シビュラシステムとの取り引きは宜野座には話せない。彼もそれに気づいたのだろう。話題が変わった。

「……あなたはあまりにも大きすぎるものを抱え込んでいるように見える」

宜野座は静かな表情で、しかしその目からは常守の身を案じる不安がにじみ出ていた。

「……狡噛さんはもう、特区内にはいないわね」

「すまない。土壇場でドミネーターを破壊された。俺のミスだ」

「宜野座さんを撃ってまで逃げるなんて、彼らしくもない」

「あいつは変わった。もうただの悪党だ。……あなたが執着するほどの男じゃない。放っておいても、どこかで野垂れ死にするのがオチだ」

宜野座を見透かして、常守はやや意地悪く微笑む。

――狡噛さんがただの悪党？

「宜野座さんは変わりませんね。今でも全部自分一人で抱え込んでばかり」

「俺は……」

宜野座が言い返そうとしたそのとき――

「失礼します」

一人の憲兵隊士官がやってきて、踵を鳴らして敬礼した。

その首には潜在犯を示す首輪が巻かれている。

常守は慌てて立ち上がって、一礼した。

「サイモン・ホー軍曹であります。部隊の再編に伴い、当面の間、自分がこの地区の治安維持を指揮することとなります」

常守は、つい ホー軍曹の首輪に注目してしまう。ホー軍曹もその視線に気付き、

「その、申し訳ありません。自分は潜在犯でありますが、憲兵隊の士官はあまりにも大勢が罷免されたため、致し方なく……」

「いいえ、ご苦労様です。市民の様子は？」

「それが……驚くほど静かです。以前のSEAUnだったら、こんなことの後は当然のように暴動が起きたものですが……」やや戸惑い気味に、語るホー。「住民はいずれも、シャンバラフロートへの移住に当たって厳正なサイコ＝パス診断を受けています。きっと今ここにいるのは、暴力や無秩序に対して忌避感を抱く人々ばかりなのでしょう。本当に、シビュラシステムというものは『良き市民』だけを選抜することができるんですね。改めて思い知りました」

「……でもそのシビュラの判定で、あなたはそんな毒入りの首輪を填められている。そのことに、不満はないの？」

ホー軍曹は苦笑する。「自分は内戦で妻と息子を失いました。……もう二度とあんな悲劇が起きないというのなら、この首輪とともに任務を果たすのも、何ら異存はありません」

　こういう人が治安を維持するのなら、この国の未来は大丈夫だろう、と常守は思った。たとえ選挙の結果がどんなものになろうとも。重要なのは、今ここでどんな人間

が生きているのか、ということだけ。

「それでは、事後をよろしくお願いします。我々は準備が整い次第、撤収しますので」

「はっ」

常守たちが公安局ヘリでシャンバラフロートをあとにしたのは、その翌日だった。

日本に帰って、また犯罪と戦う日々が待っている。常守は、この暑い国――SEAUnで、シビュラシステムの価値を思い知った。

日本は平和なのだ。

たとえある程度の邪悪さをはらんだシステムによるものだとしても、平和にはただそれだけでかけがえのない価値がある。――これから先、自分になにができるのか。なにをするべきなのか――。常守は機内を見まわした。六合塚弥生、霜月美佳、須郷徹平、雛河翔……そして宜野座さん。ライトスタッフ。わからないことは多いけれども、この仲間たちがいれば大丈夫、という気になる。

それに――まだなにかありそうな気がするのだ。狡噛慎也とは。

いつか、システムの真価が試される。

3

――それから半年後。

ＳＥＡＵｎ森林地帯の遺跡――。自由選挙が行われたが、抵抗軍はまだ活動していた。

拠点の崩れた壁に腰掛けて、狡噛は携帯灰皿をもてあそびつつ一服している。近くのラジオから、今回の選挙結果が聞こえた。ハン議長の再選――それも圧倒的な得票数で。

これで抵抗軍は解散するしかなくなった。

今度こそ、彼は国民の信頼を勝ち取ったのだ。

――どんな形でもいい。国民は平和に飢えている。

しかも、新しい議員には抵抗軍から立候補した人間も多数当選している。公正な議会運営が行われる可能性は高い。

「………」

抵抗軍の少年兵が、遠くで射撃練習をしていた。たしかに、組織として戦う理由はなくなった。が、個人的な問題のレベルでは話が別だ。家族を殺された人間の復讐心は、選挙結果くらいで消えたりはしない。――ただし、そういった復讐は戦術顧問の仕事ではない。これ以上、政治的な問題にも関わりたくない。

（ここも潮時かな……）

狡噛としては、抵抗軍出身の議員が憎悪の連鎖を止めてくれるよう願うばかりだ。

――次はどこへ行くのか。

――俺の居場所はいったいどこに？

考えすぎても仕方ない。今の自分は、とても不自由な自由人だ。持てるだけの武器を持って、気分に任せて歩き出す。

旅立つにはちょうどいい晴れた日だ。

ボーナストラック　公務員と傭兵たち

南沙諸島に浮かぶ小島のひとつで、デズモンド・ルタガンダは裸足で焼けた砂を踏みしめていた。海のかなた、強い日光が生み出す陽炎《かげろう》のカーテンの向こう側に、影絵のように群島が揺らめいている。足の裏から、きめ細かい砂の感触が伝わってくる。裸足で歩く砂浜には独特の快感があった。

「…………」

そこで、ルタガンダはカニを見つけた。小さな赤色のカニで、ハサミが異様に大きく見える。大きすぎるハサミは、サーベルタイガーの牙を連想させた。

ルタガンダは、サーベルタイガーのことを考えると悲しくなる。敵と戦うための牙が、長く発達しすぎて最後には邪魔になったというサーベルタイガー。誰だろうと、どんな生き物だろうと、強い武器が欲しくなるのはなかば本能のようなものではないか。その悲しみは、強くありたいという気持ちを否定された悲しさだ。

「……ん？」

ローター音が聞こえたので、ルタガンダは顔を上げた。ルタガンダの島に、ティルトローター機が近づいてくる。

ルタガンダは携帯端末を使った。今日のセキュリティ担当はババンギダだ。

「……どうなってるんだ？」

『国際共通回線で連絡してきました』と、ババンギダから無線通信で返答。『英語の平文で、機種コードは日本の貿易会社所有ってことになってます。撃墜しますか？』

「外務省のダミー会社だ。着陸させていい」

ルタガンダは散歩を終えて、小高い丘の上にあるプロヴァンス風の豪邸まで戻った。客が、応接間で待っているという。

サンダルをはいたルタガンダは、邸宅の廊下を歩いていく。来客があっても、部下の傭兵たちはそれぞれ思い思いの余暇を楽しんでいる。

ユーリャ・ハンチコワ。短い髪の、氷の雰囲気を身にまとったロシア出身の女性。とある戦場で瀕死の重傷をおっていたところを、ルタガンダが助けて機械の部品で治療した。ユーリャは今、自分の部屋で、近くの村でつかまえてきた少年を犯している。ユーリャは少年の口と尻の穴に異物を突っ込む。散々もてあそんだあとで、最後はナイフで切り刻んでしまうのだからひどい話だ。ユーリャの部屋には、専門の清掃係が必要になる。性欲を暴力的に処理するのは傭兵稼業の悪癖と言っていいだろう。

フランス人の筋肉質な大男――ウェバーは、もともとヨーロッパの地方軍閥が抱える私兵部隊の精鋭だった。ウェバーも、ベッドをきしませてなんの罪もない若い男を泣かせている。暴力的なレイプだが、コンドームやドラッグの他には道具を使わないぶんユーリャより相手に与える苦痛が少ないらしい。――とはいえ、結局最後は相手を殺してしまうのは、ユーリャもウェバーも共通している。

タイ人スナイパーのブンは、邸宅内ジムにいた。このジムには、天井からフック付きの鎖が何本も垂れ下がっている。フックを人間の両足首に突き刺して、逆さ吊りにするためのものだ。ブンは、人間を生きたまま吊るし、サンドバッグのかわりにする。全裸の人間を殴る蹴るしているうちに、頭部に血がたまって赤黒く腫れ上がり、やがて苦しみながら絶命し不気味な肉塊ができあがる。

実に気のいい連中なのだ……とルタガンダは思う。スナック菓子をつまむ感覚で人を殺せるだけで、根は優しい。「人を殺す」という感覚自体が薄いだけだ。プロの兵士とはつまりプロの人殺しだ。国家や軍隊にもよるが、基本的に兵士たちは「敵を人間とは認めない」「人間ではないから殺していい」というマインドセットを行う。仲間たちを大事にすることと、敵（あるいは敵国の民間人）の命を軽視することとは両立できる。

大昔、ベトナム戦争という泥仕合があったそうだ。そのとき米軍は、ベトナム人を「グーク」と呼んで蔑んだ。これはアジア人に対する蔑称で、「野蛮な人間未満の連中」くらいの意味だ。アメリカは他にも、太平洋戦争で日本人を「ジャップ」「イエローモンキー」と呼んだ。イエローモンキーは説明不要だろう。

アメリカ人が特別口汚い人種というわけではなく、こういうものなのだ。ヨーロッパでは、ドイツ人に対する「キャベツ野郎《クラウト》」という蔑称があるし、フランス人を「サレンダーモンキー」ともいう。

重要なのは、味方以外を人間と思わないこと。

兵士に敵を人間と思わせないこと。

それが、軍隊にとって最も基本的な訓練のひとつだ。偉大な軍事学者デーヴ・グロスマンかく語りき――「事実、戦争の歴史は訓練法の歴史といってよいほどだ。兵士の訓練法は、同種である人間を殺すことへの本能的な抵抗感を克服するために発達してきたのである」。

「私は一九七四年に基礎訓練を受けたが、同じような歌を何度も歌ったものだ。いささか極端な例をあげると、ランニング用のこんな歌もあった（左足が地面を蹴るたびに強勢をおく）。

レイプするぞ、
ぶっ殺すぞ、
ぶんどって
焼き捨てて、
死んだ赤んぼを
食ってやる

さすがにこんな脱感作はもう認められなくなったが、何十年ものあいだ、これは重要な脱感作の方法として用いられており、基礎訓練において青年期の男子に暴力崇拝を叩き込む手段になっていたのである」

――そしてマックス・ヴェーバーは、国家の正体を「組織された暴力の独占」だと看破した。

ルタガンダが応接間に入ると、そこにひとりの日本人がいた。

「どうも、ミスター・ルタガンダ。私は日本国の唐鍬谷《とうがだに》と申します」

その日本人は、礼儀正しく頭を下げてきた。

オーダーメイドのスーツと防弾ベストを組み合わせた、独特のいでたちだ。ババンギダが武装解除させたので、今、唐鍬谷は丸腰である。

唐鍬谷は中肉中背。特徴のない顔立ちだが、唇が薄く目がやや細いため、計算高く酷薄そうな印象を受ける。

「今まで、日本国からの依頼はすべて外務省の森宮《もりみや》さん経由だった」

言いながら、ルタガンダはソファに腰をおろし足を組んだ。それからアゴでしゃくって、唐鍬谷にも着席をすすめる。

「あんたは違うな？」

「担当が代わったんですよ。私は厚生省という組織の役人です」唐鍬谷は着席せず、立ったままだ。「社会援護局の資料調査室所属。厚生省のために海外の情報を集める組織です」

「情報を集めるためだけに、俺たち傭兵に接触してきたりはしないだろう」

「はい。ある人間を殺して欲しくて、外務省のルートを使いました」

「暗殺か」

「私は汚れ仕事専門《ウェットワークス》でしてね」

汚れ仕事。ウェットワークス。

「よく血で濡れる」ことを暗に指すために、こういう言い方をする。

「人は見た目によらないな。……で、誰をやる？」

「ＳＥＡＵｎの大物、チュアン・ハンです」

「！　へえ……」

思ったよりも手強そうな標的に、ルタガンダは片眉をぴくりと動かした。

「しかも、ただ殺すだけではない。うり二つの影武者と入れ替えてほしい。ＳＥＡＵｎの軍人、ニコラス・ウォンが内部から手引きしてくれます」

ニコラス・ウォンなら知っている。お得意様だ。

「お膳立てはできている、というわけか。気に入らないな」

ルタガンダは眉間にしわを寄せた。

「俺たち傭兵を使い捨てにしようとする連中が多くてね。それが大物の暗殺がらみとなれば尚更だ……」

「あなたたちの優秀さは知っています。特にミスター・ルタガンダ。地獄の北米戦線を生き抜いたあなただ。使い捨てなんてもったいない……」

唐鍬谷は媚びるような笑みを浮かべた。

「ふぅむ……」

ルタガンダはあごに手を当てて考える。相手は、ルタガンダの過去を知っているような口ぶりだった。かなりの情報収集能力だ。侮《あなど》るべきではない。あとは報酬次第で、引き受けてみるのもいいかもしれない……。
唐鍬谷が提示した報酬は、暗殺というリスクを差し引いても魅力的な額だった。
ルタガンダとババンギダは庭に出て、唐鍬谷が乗り込んだティルトローターを見送る。
ルタガンダはほくそ笑みながら、携帯端末に語りかけた。
「全員集まれ、楽しいお仕事だぜ」
レイプするぞ、
ぶっ殺すぞ、
ぶんどって
焼き捨てて、
死んだ赤んぼを
食ってやる

ボーナストラック　ＳＥＡＵｎ未解決事件

まだ、狡噛慎也がセムたち抵抗軍に加わったばかりの頃――狡噛は、ＳＥＡＵｎで抵抗軍の活動を邪魔する唐鍬谷という男を殺した。日本の役人だと名乗った唐鍬谷は、狡噛にもちょっかいを出してきた。もともとは厚生省の「汚れ仕事」担当だった男。

「……日本でちょいとした事件がありました。透明人間の話です。細かく説明はしませんが、システムを制御する『官僚機構』に激震が走りましてね。何人かがはじきだされて処分されることになった」

――唐鍬谷はそんなことを言っていた。そして唐鍬谷は、処分される前に日本を逃げ出した。似たような境遇の狡噛なら、仲間にできると思ったのだろう。

＊

殺す前に、狡噛は携帯端末で唐鍬谷に話しかけた。

『なあ、唐鍬谷さん……俺たちの立場は少し似てるよな？　あんたは、日本にいた頃を懐かしく思ったりするのか？　今でも、戻りたいと思うことが？』

「それは……」

『似たもの同士ってのは殺し合うんだよ。餌場がかぶった獣は、共存できない。……それじゃあな』

そして、引き金を絞った。

港湾地区を見下ろす高層ビルの屋上で、狡噛はアンチ・マテリアル・ライフルのボルトを操作した。

「ヒットだ。爆発してるぞ」

スポッターを務めたサムリンが興奮気味に報告してきた。

「アーマー・ピアッシング・インセンダリー……大型の焼夷徹甲弾を使った」

「距離一五〇〇メートルでヘッドショットなんてどういう腕だよ……！」

「携帯端末の射撃補正機能がまだ生きてるからな。ハイテクの成果さ」

「ハイテクがなくても、どうにかするんだろ？」

「他に手がなけりゃあな」

「お前はやっぱりすごいよ、狡噛」

「なんだサムリン、俺をおだてても何も出ないぞ」

狡噛は手早くライフルを分解し、持ち運び用のケースに片付ける。

「撤収しよう」

「ああ……」

サムリンは、狡噛にヒーローを崇拝するような視線を送ってきた。

＊

あれから時が過ぎて、サムリンも死んだ。そのことについて、公安局を恨むつもりはない。サムリンは惜しい男だったが、ずっと狡噛やセムが反対していた「日本本国への報復テロ」を勝手に実行してしまうほど軽率だったのでは救いようがない。もちろん、何者かがサムリンに甘言を弄したのは間違いないが……。とにかく常守朱がやってきて、セムも死んで、払った犠牲は大きかったがこの国では民主的な選挙が行われた。その結果について、狡噛がどうこう言う資格はない。民意がすべてだ。

SEAUnを離れる前に、狡噛にはやっておくことがあった。

――サムリンは救いようがなかった？

――本当にそうだったのか？

「ここか……」

ずっと探していた、唐鍬谷のSEAUnでの活動拠点をようやく見つけたのだ。それは、繁華街の雑居ビルにあり、運送会社の事務所に偽装していた。抵抗軍の軍事顧問をしながらだったので、ここまで時間がかかってしまった。

正面扉に厳重な電子ロック。入ってすぐの通路に手榴弾を使ったブービートラップ。事務所に入るだけで一苦労だ。長い間換気されていない部屋特有の、カビと木材のにおいが混ざった、やや酸味のある湿った空気がよどんでいた。

「さて、と……」

デスクの上に、防弾ケース入りのノートパソコンを見つけた。――だが、どこに証拠隠滅用のトラップが仕掛けてあるかわからない。狡噛だったら、自分が使う携帯端末やパソコンには、間違ったパスワードを入れた瞬間すべての記録が吹っ飛ぶシステムを入れておく。唐鍬谷もそうしているはずだ。

「出番だぜ、チェ・グソン……」

狡噛は、携帯端末とノートパソコンを無線で接続した。この携帯端末は、槙島聖護のセーフハウスで発見した改造品だ。チェ・グソンという、凄腕のクラッカーが作り上げた、様々なプログラムがインストールしてある。暗号解読、パスワード破りといった、クラッキング用の機能がひと通りそろっているのだ。

クラッキング成功——。狡噛は、唐鍬谷のノートパソコンを検索する。狡噛が唐鍬谷を暗殺した日以降、誰かがこのノートパソコンを使った痕跡はない。

「…………」

時間をかけてデータを洗う。唐鍬谷の海外での活動記録。シビュラシステムが海外に進出するために行った数々の非合法作戦。——なにかの役に立つかもしれない。狡噛は記録の一部を自分の携帯端末にコピーしておく。

しかし、一番知りたい情報がなかなか出てこない。

「これか……？」

特に厳重に暗号化されたファイル。秘匿されたパフォーマンスモニタによれば、人工知能が自動更新中とある。——自動更新中？　情報収集用のBOTか？　狡噛はチェ・グソンのプログラムに暗号解読を命じる。しくじれば証拠隠滅が始まるだろうが、手をこまねいてただ見ているというわけにはいかない。

「——！」

ファイルが開いた。その内容に狡噛は目を見開く。なかに入っていたのは、外務省の機密データだった。元厚生省の唐鍬谷が、外務省の特殊作戦部門をクラッキングしていたらしい。蛇の道は蛇、ということか。

外務省の機密を改めて検索する――。ここでようやく、求めていた答えを得た。

「やっぱりか……！」

外務省の特殊作戦部門が、サムリンたちに接触し、日本へ密入国する手段を教えた。高機能グラスなど、ハイテク機器もひとそろい用意して……。

外務省の連中は、言葉巧みにサムリンたちをそそのかしたのだろう。結果的には抵抗軍のためになる、と。――日本政府の内部にも対立がある。シビュラシステムの海外進出に反対している勢力がある。手引きするから大規模テロを行ってほしい――。口説き文句はそんなところか。

公安局がメモリースクープを使った時の対策として、サムリンたちに薬品を使ったマインドセットまで施した記録がある。

サムリンたちはハメられた。

結局、すべてはシビュラシステムの手のひらの上だった。

「このままにしておくわけにはいかないか……」

今すぐどうこうできるような敵ではない。

だが、いつか。

――必ず借りは返す。

参考文献

『失われた時を求めて 13 第七篇 見出された時（II）』マルセル・プルースト 鈴木道彦翻訳 集英社文庫ヘリテージシリーズ
『戦争における「人殺し」の心理学』デーヴ・グロスマン 安原和見翻訳 ちくま学芸文庫
『地に呪われたる者』フランツ・ファノン 鈴木道彦、浦野衣子翻訳 みすずライブラリー本書は、二〇一六年三月にマッグガーデンから刊行された単行本を加筆修正のうえ、文庫化したものです。

劇場版《げきじょうばん》 PSYCHO《サイコ》-PASS《パス》 サイコパス

深見《ふかみ》 真《まこと》

令和5年 11月25日　初版発行

発行者●山下直久

発行●株式会社KADOKAWA
〒102-8177　東京都千代田区富士見2-13-3
電話　0570-002-301(ナビダイヤル)

角川文庫 23898

印刷所●株式会社暁印刷
製本所●本間製本株式会社

表紙画●和田三造

ISBN 978-4-04-114292-9　C0193

◇◇◇

角川文庫発刊に際して

角　川　源　義

第二次世界大戦の敗北は、軍事力の敗北であった以上に、私たちの若い文化力の敗退であった。私たちの文化が戦争に対して如何に無力であり、単なるあだ花に過ぎなかったかを、私たちは身を以て体験し痛感した。西洋近代文化の摂取にとって、明治以後八十年の歳月は決して短かすぎたとは言えない。にもかかわらず、近代文化の伝統を確立し、自由な批判と柔軟な良識に富む文化層として自らを形成することに私たちは失敗して来た。そしてこれは、各層への文化の普及滲透を任務とする出版人の責任でもあった。

一九四五年以来、私たちは再び振出しに戻り、第一歩から踏み出すことを余儀なくされた。これは大きな不幸ではあるが、反面、これまでの混沌・未熟・歪曲の中にあった我が国の文化に秩序と確たる基礎を齎らすためには絶好の機会でもある。角川書店は、このような祖国の文化的危機にあたり、微力をも顧みず再建の礎石たるべき抱負と決意とをもって出発したが、ここに創立以来の念願を果すべく角川文庫を発刊する。これまで刊行されたあらゆる全集叢書文庫類の長所と短所とを検討し、古今東西の不朽の典籍を、良心的編集のもとに、廉価に、そして書架にふさわしい美本として、多くのひとびとに提供しようとする。しかし私たちは徒らに百科全書的な知識のジレッタントを作ることを目的とせず、あくまで祖国の文化に秩序と再建への道を示し、この文庫を角川書店の栄ある事業として、今後永久に継続発展せしめ、学芸と教養との殿堂として大成せんことを期したい。多くの読書子の愛情ある忠言と支持とによって、この希望と抱負とを完遂せしめられんことを願う。

一九四九年五月三日

角川文庫ベストセラー

サマーウォーズ
著／岩井恭平
原作／細田 守

数学しか取り柄がない高校生の健二は、憧れの先輩・夏希に、婚約者のふりをするバイトを依頼される。一緒に向かった先輩の実家は田舎の大家族で⁉ 新しい家族の絆を描く熱くてやさしい夏の物語。

あの日見た花の名前を僕達はまだ知らない。（上）
岡田麿里

高校生の今はばらばらの幼なじみたちは、とつぜん帰ってきた少女〝めんま〟の願いを叶えるために再び集まる……大反響アニメを、脚本の岡田麿里みずから小説化。小説オリジナル・エピソードも含む上巻。

あの日見た花の名前を僕達はまだ知らない。（下）
岡田麿里

めんまのために再び集まった高校生たち。だがそれぞれの胸には痛みがしまい込まれていて……果たして願いは叶うのか？ 大反響アニメの、脚本家みずからによる小説版の完結編。小説独自のエピソードも満載。

GODZILLA 怪獣惑星
大倉崇裕
監修／虚淵 玄
（ニトロプラス）

ゴジラに支配された地球を、人類は奪還することができるのか⁉ 「福家警部補」シリーズの著者が魂を賭けて挑む、いまだかつてないアニメ映画版ノベライズ。

GODZILLA 星を喰う者
大倉崇裕
監修／虚淵 玄
（ニトロプラス）

すべてを失って敗北したかのように思えた人類。最後に残った「それ」は果たして希望なのか⁉ 「福家警部補」シリーズの著者が魂を賭けて挑む、いまだかつてない映画ノベライズ。

角川文庫ベストセラー

GODZILLA 怪獣黙示録
大樹連司（ニトロプラス）
監修／虚淵 玄（ニトロプラス）

ここに集められたのは、怪獣と戦ってきた時代の記録だ。巨大な絶望を前に、人類はいかに立ち向かい、いかに敗北したか——アニメ映画版GODZILLAの前史を読み解く唯一無二の小説版。

GODZILLA プロジェクト・メカゴジラ
大樹連司（ニトロプラス）
監修／虚淵 玄（ニトロプラス）

ゴジラに対して連戦連敗を繰り返す人類は、最終兵器・メカゴジラを開発し最後の戦いに臨む——。壮大なSF黙示録、対ゴジラ戦の記念碑的エピソードを収録した過去編。

小説 秒速5センチメートル
新海 誠

「桜の花びらの落ちるスピードだよ。秒速5センチメートル」。いつも大切な事を教えてくれた明里、彼女を守ろうとした貴樹。恋心の彷徨を描く劇場アニメーション『秒速5センチメートル』を監督自ら小説化。

小説 言の葉の庭
新海 誠

雨の朝、高校生の孝雄と、謎めいた年上の女性・雪野は出会った。雨と緑に彩られた一夏を描く青春小説。劇場アニメーション『言の葉の庭』を、監督自ら小説化。アニメにはなかった人物やエピソードも多数。

小説 君の名は。
新海 誠

山深い町の女子高校生・三葉が夢で見た、東京の男子高校生・瀧。2人の隔たりとつながりから生まれる「距離」のドラマを描く新海誠的ボーイミーツガール。新海監督みずから執筆した、映画原作小説。